BEST SELLER

Juan Jacinto Muñoz Rengel (Málaga, 1974) cursó el doctorado en filosofía y ha ejercido la docencia tanto en España como en Reino Unido. Ha colaborado en publicaciones como *Anthropos*, *Ínsula*, *Clarín* o el diario *El País*. En los últimos años su trayectoria como autor de relato corto ha sido avalada por más de cincuenta premios nacionales e internacionales, y ha sido transcrito al braille y traducido al inglés y al ruso. En la actualidad, dirige el programa *Literatura en breve* (Radio 5), conduce la sección de relato de *El ojo crítico* (Radio Nacional de España), y es profesor en la escuela de escritura Fuentetaja de Madrid. Es autor de los libros de relatos *De mecánica y alquimia* (Salto de Página, 2009), Premio Ignotus al Mejor Libro de Cuentos del Año y finalista del Premio Setenil, y *88 Mill Lane* (Alhulia, 2006); ha coordinado y prologado las antologías de narrativa breve *Perturbaciones* (Salto de Página, 2009) y *Ficción Sur* (Traspiés, 2008), y ha estado al cargo de una edición de cuentos de José María Merino, *La realidad quebradiza* (Páginas de Espuma, 2012); también ha sido incluido en las dos antologías de referencia de su generación, *Pequeñas Resistencias* (Páginas de Espuma, 2010) y *Siglo XXI* (Menoscuarto, 2010). En 2012 dio el salto a la novela con la publicación de *El asesino hipocondríaco* (Plaza y Janés, 2012), que tuvo una excelente acogida de la crítica y los lectores, a la que ha seguido *El sueño del otro* (Plaza y Janés, 2013).

Para más información visite:
www.juanjacintomunozrengel.com
Juan Jacinto Muñoz Rengel

LA PRENSA OPINA:

31

«Una novela genial, delirante, divertida, desopilante, chocarrera y más que probablemente patológica, pues su lectura conlleva rabiosos efectos secundarios. Hace años que no leía una novela tan descacharrante como *El asesino hipocondríaco*. Una maravilla.»

Fernando Iwasaki, *ABC*

«Con la maestría propia de un gran narrador y un ingenio brillante y beckettiano, Rengel construye una fascinante (veloz, insólita) novela negra que es a la vez una oda al perdedor y un singular ejercicio metaliterario sin igual, que, de tan deliciosa, el lector querría que no acabara nunca.»

Laura Fernández, *El Cultural, El Mundo*

«A la novela negra le hacían falta estas y otras sacudidas. En pleno auge del género, bienvenido este matón calamitoso pero tenaz. A la muerte —y a la vida— no se las puede eludir. Pero con el arrojo y la solvencia de este autor se les puede tomar el pelo.»

Lilian Neuman, *Cultura/s*, *La Vanguardia*

«Una culta, divertida y muy recomendable primera novela. Muñoz Rengel promete contagiar a miles de lectores.»

Ricard Ruiz Garzón, *El Periódico de Catalunya*

«*El asesino hipocondríaco* esconde, bajo la apariencia de una simple novela policíaca, una auténtica lección de filosofía.»

El Mundo

«Bajo la estructura del género negro se esconde la parodia del propio género, el humor, lo metaliterario y una deliciosa complejidad que va in crescendo.»

Leer

«Ni pocos ni insignificantes son los aciertos de J. J. Muñoz Rengel en ésta, su primera novela. Es, sin duda, una notabilísima comedia.»

Que Leer

«El humor y el intento de asesinato conforman una rara mezcla que explota narrativamente en la divertida novela de Juan Jacinto Muñoz Rengel.»

Página 2, TVE

«Uno de los títulos más fascinantes de la narrativa española de los últimos años.»

Culturamas

«Digámoslo de una vez: *El asesino hipocondríaco* es una de las novelas más originales, frescas, divertidas y exigentes de los últimos años. Una verdadera llamada de atención al adormecido paisaje de la literatura española contemporánea.»

Diario de Sevilla

«De la sonrisa a la admiración.»

El Diario Montañés

«*El asesino hipocondríaco* confirma la sofisticación de un escritor que pese a su acusada personalidad disfruta recogiendo en sus páginas el eco de la mejor literatura.»

Mercurio

«Estructura vertiginosa y atmósfera de delirio, en un texto brillante, irónico, divertido, que compone un magnífico juego metaliterario.»

José María Merino

«Un excelente ejemplo de que el humor también eleva la fiebre de la literatura.»

Guillermo Busutil, *La Opinión*

«Muñoz Rengel nos cura las dolencias (falsas o ciertas) con un genial vademécum (en serio y en broma) de literatura y carcajadas.»

Diario Siglo XXI

«A medio camino entre la novela negra y la de humor, Juan Jacinto Muñoz Rengel consigue posiblemente lo más difícil, apuntarse a un género literario inclasificable.»

El Comercio

Biblioteca

JUAN JACINTO MUÑOZ RENGEL

El asesino hipocondríaco

DEBOLS!LLO

Primera edición en Debolsillo: enero, 2013

Printed in Spain – Impreso en España

ISBN: 978-84-9032-124-9 (vol. 987/1)
Depósito legal: B-28662-2012

Compuesto en Fotocomposición 2000, S. A.

Impreso en Black Print CPI Ibérica (Barcelona)

P 3 2 1 2 4 9

Para Ada, por Ada

1

No me queda más que un día de vida, después de haber escatimado quince millares a la muerte, sólo me resta uno más. Dos, a lo sumo. Tengo la absoluta certeza de que ni un día más tarde de hoy moriré. Como mucho mañana. Contravendría todas las leyes de la naturaleza que mi cuerpo transido de enfermedades, horadado por todas las afecciones, se sostuviera con vida un día más. Pero no me puedo ir sin antes haber acabado con Eduardo Blaisten. Me pagaron por adelantado, y yo soy un hombre de moral kantiana.

Esta mañana a las 7.40 me he tomado el pulso con el índice y el anular en la cara interna de la muñeca, ochenta y dos pulsaciones por minuto, y en el lado izquierdo del cuello, ochenta y seis pulsaciones. En ese momento respiraba dieciocho veces por minuto. Luego me he medido la tensión arterial, ciento veintisiete milímetros de mercurio la máxima, y setenta y cuatro milímetros de mercurio la mínima. He desayunado té verde, cuyos polifenoles tienen propiedades anticancerígenas, sin leche, porque las caseínas menguan los beneficios del té en el sistema cardiovascular, dos tostadas de pan integral con aceite de oliva, y mis ciruelas matinales. A continuación he esperado unos minutos y me he tomado la temperatura en el recto, treinta y siete grados centígrados y dos décimas, un grado más que en la boca.

Me he levantado y he ventilado la casa manteniéndola a veintiséis grados. Y a las 8.20 me he vuelto a tomar la tensión.

Sólo espero que mis cuidados mantengan a mi pobre cuerpo en pie por el resto del día —¿es eso pedir demasiado?, ¿estoy pidiendo, Dios mío, un imposible?—, y poder asesinar al señor Blaisten.

2

Hace un año y dos meses que sigo a Eduardo Blaisten. Me tomo mi tiempo, porque me gusta hacer bien mi trabajo.

Hoy es martes, así que sé que no tardará en aparecer por la calle Virgen de los Peligros esquina con Alcalá, porque los martes se toma un café sentado en un taburete alto del Starbucks junto a la vidriera. Y sé que no tardará en aparecer porque son las 10.22, y nunca antes de las 10.23 ni más tarde de las 10.24, Blaisten aparece caminando ligero, con su traje a medida, el abrigo abierto y el compacto maletín revestido de piel bien aferrado en el puño derecho, por la calle Virgen de los Peligros. Otra cosa no sé, pero puntualidad hay que reconocerle al señor Blaisten.

La puntualidad del objetivo, en principio, facilita el trabajo. Toda rutina ayuda a la planificación preliminar del homicidio. Aunque en este caso, si bien pudiera parecer contradictorio, no puedo evitar tener la sensación de que tan extrema puntualidad obedece al secreto propósito de burlarme.

De hecho, Eduardo Blaisten es tan puntual que ahora, aquí apostado junto al quiosco de la boca del metro, oculto tras un periódico inglés, que son los que más cubren con su formato sábana, según se consumen los últimos segundos de las 10.24, me empieza a abrumar un ataque de ansiedad, que me nace como una opresión en el pecho, me sube en forma de calor sanguíneo hasta la cara, y me obliga a apartar de mi boca la bufanda con la que me protejo del frío, de los gérmenes, y de todos los enemigos de mi salud y de mi oficio.

Estoy junto al quiosco presa de la ansiedad, y en estos momentos no sé qué hacer. Miro a todas partes. Me invade el pánico, y relego también el periódico a un lado con la cara descubierta. Nada de esto sería tan grave si no estuviera seguro de que hoy será mi último día entre los vivos. Justo hoy, el día en que voy a morir, Eduardo Blaisten, mi objetivo, no aparece por la calle por la que debería aparecer según su propia rutina. Siento que me falta el aire. No puedo respirar. Me desabrocho un botón de la camisa. Por mucho que abro la boca y aspiro la brisa de la calle, no noto que nada satisfaga mis pulmones. Y la opresión en el pecho es cada vez mayor. También el calor, en las mejillas, en las orejas, y en toda la superficie del cuero cabelludo. Debo de haber alcanzado con facilidad los treinta y siete grados centígrados, y cuatro, seis, ocho décimas.

Cuando a las 10.25 Eduardo Blaisten aparece por fin doblando una esquina de la calle Virgen de los Peligros, sonriendo a diestra y siniestra como si caminara por un pequeño pueblo y conociera a todo el mundo, con una pátina de brillo en el abrigo efecto de la lluvia liviana, mis pulsaciones rozan ya las ciento quince por minuto y respiro cinco veces cada diez segundos.

Este objetivo va a acabar conmigo.

Las pocas veces que se retrasa creo que lo hace sólo para

aumentar mi sufrimiento, para trastornarme, para que pierda el control. El resto de las veces pienso que se esfuerza en ser tan preciso en sus hábitos y sus citas para adelantarse a mí, para ser más exacto que yo, para sortear así su muerte inevitable. Pero no tiene nada que hacer, porque yo, por supuesto, por encima de todo, soy un hombre de puntualidad kantiana.

3

Immanuel Kant nunca salió de su natal Königsberg, hoy la rusa Kaliningrado, entonces una pequeña población prusiana que crecía arropada por el último tramo del río Pregel, que vertía entonces y vierte hoy su caudal en el Vístula.

En la ciudad de Königsberg todos los lugareños conocían los hábitos del filósofo. Como profesor seguía pautas inflexibles: durante cuarenta años desempeñó su labor con puntualidad de segundos, y sin faltar ni en una sola ocasión a sus clases. El señor Kant tenía además por costumbre inamovible pasear cada tarde durante una hora exacta, desde las cinco hasta las seis. Caminaba siempre solo, o escoltado por su fiel criado, procurando evitar cualquier encuentro, incluso con sus amigos más íntimos, para no verse en la situación de tener que hablar al menos por cortesía, y poder así mantener todo el tiempo la boca cerrada, respirar por la nariz, y evitar las enfermedades de la faringe, la laringe, los bronquios y los pulmones.

El 15 de julio de 1789, cumplidas las cinco de la tarde, los habitantes de Königsberg, tan hechos a estos patrones, no vieron aparecer al señor Kant dibujando su paseo vespertino. Los lugareños comprobaron sus relojes de bolsillo, los relojes de las fachadas y las torres. Todos estaban mal, todos adelantaban. Todos los relojes de la ciudad se habían puesto de acuerdo para adelantar al mismo tiempo. ¿Pero cuánto, un minuto, diez, media hora? En ese intervalo muchos ciudadanos ya habían tenido oportunidad de preguntar a sus alumnos si el profesor se encontraba enfermo, o si había sufrido algún accidente. Sin embargo, el señor Kant había dado las clases de la mañana, y había comido a su hora habitual, dando muestras de buen apetito. El párroco, el vicebibliotecario, el principal fabricante de empuñaduras de bastón de todo el noroeste del país, y otros miembros de las fuerzas vivas de Königsberg, se organizaron, hicieron turba, y se encaminaron a su domicilio. El señor Lampe, el sirviente del filósofo, les abrió la puerta. Ante la avalancha de preguntas, y a pesar de las interrupciones, trató de responderles:

—No, mi señor no tiene ningún acreedor. Mi señor está en su estudio, meditando como todos los días… Lo sé, sé que su conducta puede parecer extravagante… Les ruego acepten sus disculpas por los inconvenientes causados… Eso es. No volverá a ocurrir… Ayer fue tomada la Bastilla por el pueblo de París, y mi señor está preparando una clase especial para sus alumnos… No, no se me ocurre ninguna otra circunstancia en el mundo que pueda hacer que un incidente como el de hoy se vuelva a repetir.

4

Por encima de todo, soy un hombre asediado por la mala suerte. Desde que tengo uso de razón, desde que era un niño endeble y quebradizo, el infortunio me ha perseguido en cada uno de mis movimientos por el mundo.

Si escojo entre dos direcciones, la otra era la acertada. Si salgo llevando conmigo el paraguas, lo pasearé todo el día por la ciudad sin darle ningún uso. Si pongo la otra mejilla, me golpearán en toda la nuca. Si alzo una mano para reclamar, probablemente sufriré una luxación en la clavícula. Bastaría que perdiera mi paraguas para acabar con la sequía más perdurable.

Esta misma tarde después del almuerzo, sin ir más lejos, he ido a la mercería a comprar una aguja de tejer de aluminio de cuarenta centímetros de largo, para matar a Blaisten. Y en el preciso instante en el que entraba en la tienda, la señora clienta le comenzaba a contar a la señora dependienta los pormenores de su calvario con la prostatitis crónica de su señor esposo: los aullidos del hombre en mitad de la noche por la sensación de quemazón al orinar, la disminución de sus prácticas sexuales por el dolor inherente a la eyaculación, los masajes prostáticos con el dedo índice y un guante de látex aprendidos a base de errores. Como la señora dependienta vio mi semblante lívido, mi gesto de tantear en el aire en busca de un lugar donde apoyarme, y comprendió que el relato de la clienta iba para largo, me preguntó:

—¿Desea algo?

Pero dado que la fatalidad me encuentra incluso en los lugares que no suelo frecuentar, en ese justo instante yo me había tapado los oídos con las palmas de las manos, para no seguir oyendo la historia de aquella señora, y me había encogido sobre mí mismo, para aislarme de todo aquello, de forma que no oí la pregunta de la mercera, y apenas la advertí con el rabillo del ojo, sin saberla interpretar. Así permanecí durante un buen rato, hasta que me incorporé —porque pensé que en esa postura me podía faltar el aire, y toda la sangre se me acumulaba en la cabeza— y, sin importarme interrumpir la conversación de las mujeres, dije:

—¿Me da una aguja de tejer cilindrica, de aluminio, de cuarenta centímetros de largo?

—Las vendemos de a dos.

—Pues a mi marido le insertaron una aguja tremenda en la pierna derecha, en el fémur —intervino la clienta.

Después de aquello ni que decir tiene que salí de allí a la carrera, sin la aguja de aluminio. No obstante, como mi mala fortuna es tan inmensa, tan incomprensible, la cosa no quedó en eso y en el decurso de mi huida, por añadidura, sentí una violenta punzada en la pierna, un dolor espantoso que hasta ahora no me ha abandonado y que sé que seguirá conmigo mucho tiempo, la sensación penetrante y cristalina de tener algo alojado dentro de la pierna, a la altura del fémur.

5

Eduardo Blaisten es argentino, como yo. Vive en el quinto piso, asoleado, amplio, de un edificio rehabilitado, con dos viviendas por planta, de la calle Claudio Coello, en el barrio de Salamanca, pero pasa los días en el centro de la ciudad, donde trabaja.

En verano, Eduardo Blaisten viste camisas polo de colores, y pantalones sport de algodón color caqui. En invierno siempre lleva camisa clara, traje a medida, abrigo largo, *sobretodo* diría él, corbata la mayoría de los días y, ocasionalmente, una larga bufanda de algún tono vivo, enrollada alrededor del cuello con varias vueltas y con los extremos cayéndole sobre el torso. Nunca, bajo ninguna circunstancia, se separa de su plano y rígido maletín forrado en piel.

El señor Blaisten lleva el pelo abundante y cano peinado hacia atrás, como Federico de Prusia, con unas vetas oscuras todavía aureolándole las patillas. Y sonríe todo el tiempo, como si estuviese orgulloso de su pelo.

Suele tomar café dos veces al día, nunca después de las 14.10. El día que más tarde lo tomó fue el último sábado del pasado mes de septiembre: comenzó a bebérselo a las 14.04 y lo terminó iniciado ya el minuto once de las dos de la tarde. Hay días que se cita con gente. Otros, lee el periódico o toma notas, como si no necesitara de nadie ni viera a nadie, como un náufrago felizmente arribado al centro de un café tumultuoso.

Eduardo Blaisten siempre camina con presteza.

Eduardo Blaisten habla inglés y hebreo. A veces lee el *The Guardian*, y a veces el diario israelí *Haaretz*. Además de, claro, *El País*, *El Mundo*, *La Nación* y *Clarín*.

Eduardo Blaisten tiene una amante. Yo no.

6

Durante los períodos de composición de sus obras, Immanuel Kant acostumbraba a mantener largas charlas con Martin Lampe, su sirviente, que con paciencia de lacayo callaba, escuchaba y asentía.

Se reunían en el estudio de la última de las moradas del señor Kant. A lo largo de los años el filósofo había mudado su domicilio en distintas ocasiones, porque tenía a Königsberg por una ciudad bulliciosa: abandonó la primera vivienda porque le molestaba el ruido de los buques del puerto y el de las carretas de la calle, una segunda por los cantos del gallo de un ciudadano vecino, y otra más por los cantos de los presos en la iglesia y el caso omiso del alcalde a su petición de hacerlos guardar silencio. En el pequeño estudio de esta última residencia, bajo un oscuro retrato de Jean-Jacques Rousseau, el filósofo y el sirviente se encontraban por unas horas en las frías sobremesas de la región báltica.

El señor Kant departía. El señor Lampe lo miraba a los ojos con forma de drupa oblonga. Pero el señor Kant apenas le devolvía la mirada, porque casi no separaba la vista del termómetro, el barómetro, el higrómetro y el reloj que tenía alineados en la mesa.

—Has de saber, mi querido Lampe —decía por ejemplo el filósofo—, que el insomnio es un vicio al que yo mismo sucumbí hasta hace poco menos de un año, sufriendo con frecuencia accesos convulsivos y excitaciones nocturnas.

—Yo podía oírlo moverse inquieto en sus aposentos, señor.

—Pues tanto fue así que lo tomé alternativamente por ataques de gota, por flatulencias, por constipación… Y acabé recurriendo a la ayuda de un médico, que sabes que no me gustan porque me tratan con condescendencia y me llevan siempre la contraria. Pero en esta ocasión hice bien, sólo así el doctor pudo aclararme que debido a mi pecho hundido y cóncavo, que deja poco espacio para los movimientos del corazón y de los pulmones, tengo una disposición natural a este tipo de pensamientos morbosos. También has de saber, no obstante, que en realidad fue mediante la reflexión, convenciéndome de que a pesar de la opresión en mi pecho, en mi cerebro reinaba la serenidad y la alegría, que conseguí curarme del insomnio.

El señor Lampe asentía. El señor Kant paseaba su metro y medio de estrecho cuerpo alrededor del sobrio escritorio.

—Claro que, aunque dormir largo tiempo, amigo Lampe, y dormir repetidas veces, sea un modo fácil de ahorrarse los muchos disgustos que acarrea la vigilia —proseguía el filósofo—, ¿no le parece bastante extraño desear una larga vida para pasarla durmiendo?

—Sin duda, mi señor —decía alguna vez el criado.

—Despertarse y volver a dormirse, paraliza, abate y agota las fuerzas. Dormir demasiado, por el simple goce de la somnolencia, como hacen los españoles con su siesta, acorta la vida. La cama es el nido de un sinfín de enfermedades.

A veces el propio filósofo movía asertivamente su gran cabeza, dándose la razón. Luego daba más vueltas alrededor del escritorio, en el centro del despacho, con el abrigo gris puesto aun dentro de casa, para evitar los resfriados.

Hacia el final de la alocución, si el filósofo no estaba del lado del reloj, el criado recordaba:

—Mi señor, ha llegado la hora.

Y el señor Kant y el señor Lampe salían a dar su paseo de las cinco de la tarde. El primero con un bastón en la mano y el segundo portando un paraguas sobre el brazo.

7

Siempre me he dejado guiar por los consejos para cuidar el cuerpo del sabio filósofo prusiano. Incluso, al principio, sin duda debido a un capricho de la providencia, siguiendo un análogo orden en los distintos estadios de mi vida. Primero, padecí un insomnio tenaz durante años, del que sólo logré librarme ciñéndome a los dictados de la filosofía práctica del señor Kant. Después, una vez sanado de este trastorno, decidí no entregarme tampoco a los excesos del sueño ocioso, a dormir por dormir, y me sometí a un estricto descanso de unas breves horas al día, sobre todo por el miedo a los microorganismos, virus y enfermedades contagiosas que puedan crecer, confabularse y andar intrigando amparados en el tibio cubil de la cama.

Pero atrás quedaron esos felices años en los que mi sueño corría paralelo al que el señor Kant robara a las noches de Königsberg. Porque el 17 de julio de 1999 cayó sobre mí, como el peor de los castigos, como la condena más implacable, la Maldición de Ondina. Desde entonces, dormir para mí significa una muerte segura.

Supongo que ya nací con este mal congénito, pero que se

debió de ir agravando con el tiempo, porque lo cierto es que desde esa fecha los mecanismos de mi sistema nervioso autónomo, ante la señal de la disminución de oxígeno en la sangre, no ordenan la respuesta de aumentar la respiración. Mis receptores químicos me dejan abandonado a mi suerte en la noche, con un pánico visceral a quedarme dormido por descuido sin haber conectado los aparatos de respiración asistida que acompañan mis parcos descansos.

La Maldición de Ondina no afecta a más de trescientas personas en todo el mundo, tamaña es mi mala fortuna. Hasta descansar me ha sido negado. Y durante el resto del día me veo condenado a deambular por las calles perseguido por la somnolencia, asaltado por microsueños súbitos, fatigándome ante los más ridículos peldaños, ante una pendiente imperceptible, con terribles dolores de cabeza y los glóbulos rojos por las nubes.

Como único beneficio de mi privación de sueño obtendré, esta noche —esta noche de luna menguante que se cierne ya sobre la ciudad y sobre los ángulos de mi apartamento, ésta que será la última de mis noches coexistiendo con los vivos—, poder mirar cara a cara a la muerte cuando venga a arrancarme de mi corrupto cuerpo.

8

En la mitología germánica, Ondina era una ninfa acuática de belleza pasmosa que habitaba en los ecosistemas de agua dulce, en lagos, ríos, estanques, fuentes, pozos, manantiales, arroyos y riachuelos.

Los cuentos alemanes —y prusianos— del siglo XVIII la representaban, además de perturbadora, inmortal. Con una única amenaza para su perpetuidad: a cualquier ninfa que se enamorara de un mortal, y diera a luz un vástago fruto de esa relación, en el mismo instante del alumbramiento, la inmortalidad le sería arrebatada.

No obstante este inconveniente, Ondina se acabó prendando del apuesto y arrojado caballero Sir Lawrence. El señor Lawrence y la señora Ondina se casaron. Y una vez pronunciados los votos, el señor Lawrence, en un gesto de amor y agradecimiento, dijo:

—A partir de hoy, cada vez que despierte, antes de tomar el primer aliento del día, mi primer y único pensamiento será para ti.

Pasada la celebración de las nupcias, pasado el mes en el que por herencia de los teutones se tomaba aguamiel fermentada por su efecto afrodisíaco, y pasado un año del matrimonio, Ondina dio a luz al vástago del señor Lawrence. Desde ese momento, ella comenzó a perder su belleza, la luminosidad de la piel, la contundencia de sus curvas, la lubricidad de sus entrañas. Y según sus formas se desvanecían, como erosionadas por el viento, el señor Lawrence perdía el interés en su señora esposa.

Una tarde de un verano benévolo, la señora Ondina paseaba entre las mieses, cerca de los establos. Al acercarse a las ventanas de la caballeriza, oyó el ronquido familiar de su marido. Entró en la cuadra y vio a Sir Lawrence reposando con placidez sobre el pecho desnudo de otra mujer.

—¡Me juraste fidelidad por cada primer aliento! —rugió la señora Ondina, con el dedo índice enhiesto apuntándole a los ojos.

—Yo… —replicó su marido.

—Pues que así sea. Aún te permitiré respirar mientras te mantengas despierto. Pero si alguna vez te llegas a dormir… ¡Te faltará el aire y yacerás muerto por los tiempos de los tiempos!

El pobre señor Lawrence, cual alma en pena, se vio condenado desde entonces a mantenerse despierto para siempre, a vagar somnoliento y extenuado por el mundo con su capacidad de ventilación alveolar trastornada.

9

Soy un asesino profesional estrábico.

El estrabismo, en principio, no facilita nada mi trabajo. A cualquier profesional, el hecho de ver doble le reduciría a la mitad el número de aciertos en el blanco con un arma arrojadiza o un arma de fuego de corto alcance. A mí, con mi incansable mala fortuna, cuando la desviación ocular me obligó a elegir entre dos objetivos idénticos, el porcentaje de aciertos me descendió al cuarenta o al treinta por ciento de los casos.

Es frustrante ver cómo el cuchillo, que con tanto esmero has deslizado hasta tu mano y que lanzas de una forma tan precisa, en un movimiento a la vez silencioso y casi bello, se estrella contra una pared vacía, mientras tu objetivo se desvanece como un espectro, acompañado por todo el estrépito hueco del metal bailando sobre el suelo. Y más embarazoso aún es cuando el otro objetivo, el de carne y hueso, se gira entonces hacia ti y fija en tus ojos desviados una mirada de desconcierto, o de miedo, o de sumisión, o incluso de indignación cívica.

Cualquier otro profesional habría cambiado su modus operandi hacia las armas de largo alcance, porque con las miras telescópicas puedes cerrar uno de los ojos sin que eso afecte a la percepción de profundidad. Pero a mí las armas de largo alcance me producen esguinces y luxaciones con rotura ligamentosa trapezoidea, conoidea, acromio-clavicular inferior y superior.

Así que, si vuelvo a ver otro amanecer, y todo apunta a que así será, porque son las 7.47 y ya me parece distinguir cierta claridad amoratada en los perfiles de los tejados y en los de las torres de la iglesia de San Sebastián Mártir; aunque yo no me encuentro nada bien, me noto destemplado, y siento cierta pesadumbre en el pecho, y cuando toso o escupo arrojo unas flemas viscosas, teñidas de sangre, como mermelada de grosellas; si vuelvo a ver otro amanecer, decía, y vuelvo a contar con otro día completo para cumplir con mi compromiso de matar a Eduardo Blaisten, tendré que optar por un arma de mano, para evitar víctimas accidentales o ponerlo sobre aviso, tendré que optar por un destornillador, o un hilo de pescar, o una punta de paraguas, o algún tipo de veneno, pero nunca por una aguja de tejer, o unas tijeras de costura, ni nada que se tenga que comprar en una mercería.

10

Mis iniciales son M. Y. Nací en la ciudad argentina de R., una población que crece arropada por el último tramo del río Paraná, un primaveral 11 de noviembre de 1966. Si bien me vine a España antes de cumplir los seis años.

Mis abuelos eran rusos y polacos. Mis padres, unos humildes argentinos que se dedicaban a la carga y descarga de cereales en el puerto de R. Yo mismo, apenas aprendí a gatear, servía ya como chico de los recados en las decadentes whiskerías de la ciudad, que se levantaban como rescoldos de un pasado prostibulario.

De mis años en la Argentina recuerdo el día que mi padre me llevó por primera vez al dentista. Fue un 4 de abril de 1971, la sala de espera olía a lejía y a agua oxigenada, la enfermera olía a agua oxigenada y a enjuague bucal, el dentista olía a alcohol etílico y a hálito de trastorno gastrointestinal, y me mantuvo allí, inmovilizado en su sillón de dentista, con la boca abierta como un caballo en una feria, durante toda una tarde. Después, mirando a mi padre, me diagnosticó un frenillo de labio inferior traccionante y una demasiado estrecha banda de encía queratinizada. Desde aquel día, angustiado por la sensación de que mi débil frenillo podía romperse y saltar en pedazos como una goma elástica, y mi encía encogerse y desaparecer, y mi hilera de dientes inferiores desprenderse y caer rodando al suelo, no he vuelto a sonreír.

Mis iniciales son M. Y., aunque todo el mundo me llama señor Y. Vivo en un pequeño apartamento en un punto X de Madrid, donde dispongo de termómetro —clínico y de pared—, barómetro, higrómetro, reloj y cronómetro. También estoy provisto de tensiómetro, aparatos de respiración asistida, y humidificador del ambiente. Paliativos del todo insuficientes para un enfermo terminal.

11

En contra de todas las leyes de la naturaleza, por una suerte de milagro, en este exacto instante paseo mi cuerpo carcomido de enfermedades por el centro de la ciudad, a la vista de todos. Es miércoles, y tengo la absoluta certeza de que hoy moriré. Ahora mismo, mientras me venía a la mente este pensamiento, he tenido que parar en medio de la calle, y asirme a la barandilla que separa la acera del curso del tráfico, porque un estremecimiento ha recorrido mi corazón, y una vez más falta el aire en mis pulmones. No sé, quizá no llegue a esta tarde después de todo. Tendré que sacar fuerzas de flaqueza, y retrepándome por los barrotes de esta barandilla metálica, arrastrando mi inútil cuerpo renqueante, avanzar por la calle Alcalá, hasta encontrarme con Eduardo Blaisten en el punto en el que suele aparecer a las 9.23 los miércoles por la mañana. Y, por todos los medios, tratar de matarlo en unas horas.

Un aire helado me corta la piel de la cara y los labios, y la afluencia de personas desplazándose en todas direcciones mueve al vértigo, pero a pesar de todo tendré que respirar hondo, apretarme el abdomen con la mano izquierda, aplacar con la presión de los dedos los tumores carcinoides de mi intestino delgado, hacer de tripas corazón, y, empujando mi cuerpo purulento, esta especie de milagro médico, seguir al señor Blaisten hasta la oficina de Correos del paseo del Prado, desde donde los miércoles envía su correspondencia al extranjero, y allí acabar con él sirviéndome del abrecartas que llevo en el bolsillo para la ocasión.

Hoy, Blaisten lleva un abrigo de pata de gallo de color marrón oscuro, y una aterciopelada bufanda naranja de punto trenzado. Ha entrado en la oficina de Correos caminando, como siempre, con diligencia, con una salud envidiable. Lo sigo a pocos metros, y entro también en la oficina. Hay mucha gente, y un vigilante próximo a la puerta que me mira con curiosidad, probablemente preguntándose cómo puedo estar vivo. Agarro el abrecartas en mi mano sin sacarlo del bolsillo, para sentirme más seguro. Sí, mucho mejor. La gente se reparte en distintas colas, y de pronto, prestando más atención a lo que veía mi ojo izquierdo que a lo observado con el derecho, he perdido a Blaisten.

Me acerco a una señora para preguntarle si ha visto a un hombre con una bufanda naranja, pero en el último momento cambio de opinión y me dirijo a un joven estudiante, de aspecto más sano.

—Perdone usted —le digo al joven—, ¿ha visto pasar a un señor con una bufanda naranja enrollada al cuello?

El joven me mira con recelo, turbado por mi pregunta y quizá por mi aspecto. Intento sonreír, pero no puedo. No poder sonreír es algo que, en muchas ocasiones, no facilita nada las labores complementarias a mi trabajo. Me esfuerzo entonces en arrancar de mis labios una sonrisa, mi mueca se torna cada vez más sobrecogedora, y el joven reacciona dándome la espalda y tratando de avanzar en su cola.

Vuelvo a probar con otra persona, un hombre grueso de mediana edad, con un mono de trabajo arremangado hasta la cintura y una camiseta que dice: «*Jamás he tomado drogas ni lo volveré a hacer*».

—Perdone usted, ¿ha visto pasar a un señor con una bufanda naranja enrollada al cuello? —le pregunto.

Esta vez creo que mi interlocutor me responde; sin embargo, en un nuevo revés del azar, en ese justo momento me he quedado dormido. Ha sido un microsueño de un segundo, dos segundos a lo sumo, uno de los efectos secundarios de los estragos de Ondina en mis noches, pero ha bastado para que no oiga la respuesta. Dudo si volverle a preguntar o hacer como que le he oído. Al fin, como no puedo sonreír, como también he sido privado de ese recurso tan eficaz para estas situaciones, resuelvo arriesgarme e insisto:

—Perdone, ¿cómo ha dicho? No le he oído.

El hombre baja una ceja y alza la otra, serio, algo que interpreto como un gesto de desconfianza —¿cómo puede pensar que alguien en mi estado tiene tiempo para andarse con bromas?—, abre la boca para decir algo, y me vuelvo a dormir.

Cuando abro los ojos, apenas un segundo después, ya no recuerdo si le he hecho o no la pregunta. No sé si he pensado hacerla, he soñado hacerla o, en efecto, la he hecho.

—Perdone, ¿cómo ha dicho? No le he oído —vuelvo a decir.

—Se va usted a la mierda —me dice el señor.

En este momento veo a Blaisten. Está dos colas más allá. Dejo allí al señor de mediana edad con el mono de trabajo, doy unos pasos en esa dirección y, para disimular, saco un papelito de la máquina dispensadora de números de espera. Pero nada más darle al botón de «Envíos» de la máquina dispensadora, jugándome la vida, me duermo.

Al despertar no recuerdo si el papelito con el número se me ha caído de la mano, como resultado de la distensión muscular del sueño, o si no ha llegado a salir. Pulso el botón de nuevo. Y me vuelvo a dormir. Me despierto y estoy aquí, en medio de la oficina de Correos, y no sé si la máquina está averiada o si los números están cayendo al suelo; la gente los tira todos al suelo una vez que ha hecho uso de ellos, así que no hay manera de saberlo. Pulso otra vez el botón. En realidad, no estoy seguro de si lo estoy pulsando por primera vez o cuántas veces lo he hecho. Me detengo a pensarlo un minuto, y entonces, increíblemente, me despierto; luego de nuevo me debo de haber dormido. Como no puedo estimar la duración de los microsueños, no sé cuánto tiempo llevo aquí, pero ahora tengo situado a mi lado al vigilante de seguridad.

—Es usted la persona que más números ha sacado en un solo día. Enhorabuena, tiene el récord. Les ha ganado a todos, incluyendo a ese niño de allí. ¿Qué querrá el caballero, un premio?

—No, no es necesario… —le respondo, estudiando su expresión con el ojo derecho, a la vez que con el izquierdo compruebo alarmado que el señor Blaisten ya no está donde lo dejé—. Pero ¿podría decirme si ha visto usted marcharse a un señor con una bufanda naranja enrollada al cuello?

El vigilante de seguridad me ayuda a salir de la oficina de Correos. Apenas hemos intercambiado unas palabras cuando, una vez en la calle, consigo distinguir a Blaisten cruzando el paseo en dirección a la calle Alcalá. Así que abandono la conversación, y apresuro el paso lo que puedo, todo lo que admiten mis pies planos de laxos ligamentos interóseos y el dolor penetrante de mi fémur, porque no me puedo permitir perderlo ahora, ahora que no me restan más que unas horas de vida. No me puedo permitir perderlo bajo ninguna circunstancia, y es por eso que cuando en la esquina con Alcalá veo al señor Blaisten sumergirse en la boca del metro, venciendo todos mis temores y reparos, ignorando la angustia que se cierne ya en torno a mi tráquea como las manos de un estrangulador, a pesar de todo ello, ordeno a mi cuerpo moribundo seguirlo también allí en el subsuelo, en la antesala de lo que en unas horas me está destinado conocer.

Sigo a Blaisten por los pasillos del metro, en el laberinto del inframundo, bajo el peso de la ciudad. Sigo a Blaisten a través de las tripas de un tren de la línea 2. Sigo a Blaisten incluso a lo largo de un transbordo a la línea 9, a través de las galerías subterráneas con olor a azufre de la estación de Príncipe de Vergara. Pero una vez que me encuentro a escaso medio metro de él, protegido por la muchedumbre anónima del vagón, presintiendo ya la tibieza de su nuca, comprobando la punta del abrecartas con la yema de mi dedo índice dentro del bolsillo, llegamos a la estación de Concha Espina, asoma por las ventanillas del tren una reproducción del inquietante tríptico de *El Jardín de las Delicias* de El Bosco, y no puedo, no puedo soportarlo más. Mi cuerpo me vence. La crisis me puede. Y al recuperar la conciencia de lo que me rodea, me descubro explicándole entre aullidos a un revisor, que me tiene agarrado por el cuello del abrigo, que la mala suerte me persigue.

Tanto grito que la vista se me nubla, y el revisor tiene que ayudarme a salir del espacio propiedad de la empresa de transporte público suburbano.

Lo peor de todo es que, después de lo ocurrido, creo que Eduardo Blaisten se acordará de mi cara durante algún tiempo.

12

Por encima de todo, Edgar Allan Poe, como yo, fue un hombre asediado por la mala suerte. Desde que tuvo uso de razón, desde que de niño se supo heredero de las enfermedades y el alcoholismo de sus padres nómadas, desde que se viera subido en la caravana de carromatos destartalados y mugrientos de aquella compañía de cómicos, el infortunio lo persiguió en cada uno de sus movimientos por el mundo.

A sus padres los perdió siendo un párvulo. A su mujer, a la que había amado con desesperación como único asidero a un mundo razonable, el 30 de enero de 1847. Tras su muerte, el señor Poe sufrió una agonía de meses, que culminó en un infarto cerebral. Como el infarto no lograra terminar con su vida, al año siguiente el escritor intentó suicidarse, a la vez que, quizá para reforzar su empeño, pedía sucesivamente matrimonio a la señora Shaw, a la señora Whitman, y a la señora Richmond, que sucesivamente lo rechazaron.

Matarse a base de estimulantes le estaba costando todos sus ahorros, y no le permitía escribir una sola línea que le supusiera algún ingreso. De manera que, por fin, el señor Poe decidió declararse también a la muy anciana y muy rica señora Royster. La fecha de boda se fijó para el 17 de octubre de 1849. El señor Poe decide dejar de beber y de drogarse, dar un giro a su vida, e incluso darse un buen afeitado.

El 29 de septiembre de ese año, algo repuesto, con un abrigo estrecho y gastado, y cubriendo con un sombrero torcido su gran cabeza de frente relumbrante, el señor Poe coge un ferrocarril desde Baltimore a Filadelfia. Pero una vez en el tren se siente perseguido. Lo observan. Lo escrutan por las ventanillas, lo siguen por el pasillo del tren, a lo largo de los vagones. El señor Poe sabe quién lo persigue: su infatigable mala fortuna. Así se lo intenta hacer saber al revisor. Pero el revisor no entra en razones. El consumido escritor lo agarra de las solapas del uniforme, intenta explicárselo de nuevo. Con tan mal sino que, debido al esfuerzo, se desmaya.

El revisor del tren envió al inconsciente señor Poe de vuelta —como una suerte de paquete-de-poeta-gótico— a Baltimore, donde se celebraban elecciones para el Congreso en tan sólo unos días. Hasta allí condujo su destino al pobre señor Poe, un enfermo congénito de alcoholismo, desmayado y desconocedor de su rumbo, hasta una ciudad en elecciones en una época en la que los partidos recogían a los pobres diablos sedientos de la calle, para emborracharlos y hacerlos votar de un colegio a otro.

Edgar Allan Poe fue el ciudadano que más votó aquel día de octubre. Sus captores le ofrecían unos tragos, le convencían acerca de qué partido votar, lo empujaban al interior de un colegio electoral con un papelito en la mano, y el señor Poe ejercía su derecho al voto. Para cuando salía ya no recordaba las caras de los embaucadores, ni la conversación mantenida, ni siquiera haber introducido un papel en una urna, y de repente, como si despertara de un sueño, se volvía a ver con un pequeño boleto entre los dedos. En las mesas electorales, ningún supervisor llegaba a reconocer a aquel votante múltiple, porque su cara estaba cada vez más conturbada, su cabello más revuelto, sus ojeras más oscuras, y cada vez se asemejaba menos a un hombre.

Al final de la jornada, cuando en la ciudad no quedaban más botellas que beber ni papeletas con las que ejercer el voto, el señor Poe fue ingresado en el hospital Washington College de Baltimore. Allí, a pesar de su agotamiento extremo, tuvo aún que discutir a gritos en repetidas ocasiones con el doctor Snodgrass, porque aquel médico no quería creer que en aquellos mismos instantes estuviera viendo a su mala fortuna guiñándole un ojo proyectada sobre las paredes del ambulatorio.

A las tres de la madrugada del 7 de octubre de 1849, diez días antes de su boda, a la edad de cuarenta años, murió entre vómitos el espíritu sensible e incomprendido de Edgar Allan Poe. El doctor Snodgrass dijo que de intoxicación etílica. Es sabido que fue de sífilis, epilepsia, infarto, diabetes, envenenamiento con monóxido de carbono, hipoglucemia, congestión cerebral, y de rabia contagiada por un gato negro.

13

Nunca he estado en la cárcel por mi profesión.

Una vez, había estado siguiendo a un objetivo hasta el interior de una estación de metro, y me había colocado estratégicamente detrás de él, con un punzón picahielo aferrado en el bolsillo derecho del abrigo. El tren hizo su brusca entrada en la plataforma, no perdí los nervios y esperé mi momento. Me acerqué aún más a la víctima cuando la corriente de gente se aproximaba a las puertas del vagón cercano. Entonces las puertas se abrieron, y un grupo de hinchas del Inter de Milán irrumpió en el andén. La oleada de exaltados desembarcó con tanta fuerza que me arrastró a su paso, junto a otros muchos usuarios del metro, que en cuestión de segundos fuimos aplastados contra las paredes del túnel. No había un resquicio por el que respirar, podía sentir el crujir de mis huesos; es más, podía oír el crujir de mis huesos. Allí, en medio de aquel amasijo de carne humana, sin que pudiera hacer nada por evitarlo, mi espalda aprisionó a una anciana contra la pared hasta casi asfixiarla. Pero lo que la mató fue mi punzón picahielo alojado en su estómago.

El señor juez dictaminó que no había acción voluntaria de

homicidio intencionado por intervenir una «fuerza irresistible» que me arrastró contra la señora. Sin embargo, consideró mi actuación como homicidio imprudente por llevar conmigo, en un servicio de transporte público, sin nada que preservara su peligrosidad, un arma blanca de más de once centímetros de largo que acabó siendo la causa de la muerte.

He dicho que nunca he estado en la cárcel por mi profesión. Podría jactarme de ello en mi currículum vítae. Los tres años de prisión a los que me condenó el señor juez fueron por acabar con la vida de una anciana inocente, a la que ni siquiera perseguía, en la estación de metro de Concha Espina, bajo una desproporcionada reproducción de *El Jardín de las Delicias* del señor Hieronymus Bosch, El Bosco.

14

Estoy en una tienda de maquillaje profesional en la calle Libertad, abatido, extenuado y desalentado, al límite de mis fuerzas, y sosteniendo un pañuelo sobre mi boca para protegerme de la polución vírica y contener mis continuas expectoraciones.

Este mediodía, después de los sucesos en el metro, he regresado a mi apartamento, y he almorzado crema de avena y espinacas, y compota de manzana, sin azúcar; nada que ofrezca demasiada resistencia a mi frenillo inferior traccionante y mi estrecha encía queratinizada. Luego, he podido comprobar que la tensión diastólica se me ha disparado a ciento cuarenta y dos milímetros de mercurio. Y a pesar de todo, a pesar de creer que ya no había más curvatura posible sobre la que pudiera seguir virando la aguja, me he puesto el abrigo, la bufanda, el sombrero, he cogido el paraguas, y me he venido hasta aquí, hasta la tienda de maquillaje profesional.

En el rótulo de la puerta decían abrir a las 17.00, pero yo he llegado aquí a las 16.58, para estar dentro del establecimiento a las 17 horas en punto, y he tenido que ver cómo entraban las dependientas, disponían diversos elementos de la tienda, y no abrían hasta las 17.04. Nada más entrar he pedido una falsa nariz, y una joven me ha traído seis modelos de narices con distinta forma y para distintos tonos de piel, todas fabricadas con espuma de látex.

—La verdad es que no tengo tiempo que perder —le digo a la joven, para que sepa de la urgencia que me apremia—, pero me temo que soy alérgico al látex.

—¿Cómo? Pero si el látex se emplea para un montón de cosas en los hospitales. No se preocupe que usted no es alérgico al látex —me contesta.

—Créame, señorita, soy alérgico al látex.

—Eso no puede ser. Mire, mire esta que tiene exactamente su tono.

La joven no lo había advertido, probablemente distraída por la alineación de mi pupila derecha, pero yo hacía rato que miraba con mi ojo izquierdo la nariz que me está señalando en este momento. Como mi convicción respecto a mi alergia no parece haberla afectado en absoluto, insisto:

—El látex se obtiene del árbol tropical del caucho, y yo soy alérgico al plátano, al kiwi, al aguacate, y *al látex.* ¿No las tienen de poliestireno?

—Pues creo que no, la verdad —dice la joven.

Me tomo un minuto para pensar, mientras aprovecho para toser un poco bajo la presión de mi pañuelo con olor a lejía y desinfectante. En el local hace calor, el aire acondicionado caliente está a su máxima potencia, y por un momento pienso que no me gustaría morirme allí. Sin retirar el pañuelo de mi boca le digo:

—Tráigame mejor entonces una barra de carne artificial para poder modelar las narices yo mismo.

—¿Kryolan? —me pregunta.

—¿Está clínicamente testada contra las alergias?

—Bueno, a ver… —La dependienta alza sobre su cabeza un pequeño cilindro de plástico, con una pasta arcillosa dentro, y lo mira desde todos los ángulos, como si se tratase de un caleidoscopio que ocultara imágenes indescifrables—. Aquí dice *hipoalergénico.*

—Me temo, señorita, que no es suficiente. Eso lo ponen en cualquier producto que sea un poco menos irritante. Pero yo sufro dermatitis atópica —digo, señalándome la cara, como si no fuera ya algo evidente a simple vista—. Un choque anafiláctico, en mi estado, podría llegar a matarme.

La joven ha dejado de sonreír, y busca con la mirada a una compañera que está en el otro extremo del mostrador. Le hace una señal con los ojos que yo no sé interpretar. Miro a la una y miro a la otra, pero no entiendo qué sucede. Acostumbrado a los obstáculos desde que era un niño frágil y de rodillas huesudas, no me doy por vencido, y le pregunto:

—¿Y calvas artificiales? ¿Tiene calvas artificiales?

—Sí. De látex —me contesta la joven.

Sin concederme una tregua, la adversidad se ceba en mí ante cada movimiento. A veces me pregunto cómo es posible que aún me permita seguir respirando, qué le impide aplastarme en este mismo instante, de una vez por todas, como a un insignificante insecto. Pero me niego a rendirme, y añado:

—Entonces, tráigame al menos líquido plateado para simular canas.

La joven me da la espalda sin decir nada, y busca en los pequeños cajones. Se demora unos minutos, a lo largo de los cuales me aborda un microsueño que nadie advierte; luego la joven regresa, suelta el tarro sin mirarlo sobre el mostrador, y dice:

—Aquí tiene. Cien mililitros. ¿Algo más?

—Sí.

—Vaya —dice.

—¿Tiene barbas y bigotes postizos?

—Claro, de pelo natural. ¿De qué colores los quiere?

—¿Me los puede traer todos?

La chica arroja un soplo de aire por la nariz. Yo asiento con la cabeza, confirmando que hace mucho calor en el local. Luego, elevando mi debilitada voz todo lo que permiten mis cuerdas vocales, pregunto:

—¿Qué tipo de adherente utilizan? Me temo que…

—El pegamento se lo aplica usted aparte —me interrumpe—. Y sí, lo tenemos antialérgico.

Un rato después estoy probándome las barbas postizas. He tenido que desenrollarme la bufanda, ante la insistencia de la joven dependienta, que ahora me ayuda a sostenerlas sobre mi cara frente al espejo. Cuando me retira una de ellas, pelirroja y encrespada, me roza con la uña del dedo anular el bulto que tengo en el lado izquierdo del cuello, bajo las glándulas submandibulares. Como ha notado que me he encogido de dolor, la joven repara en el bulto, y lo observa con un gesto torcido que sólo puede ser de repulsión.

—Tenemos maquillaje para tapar *eso* —me dice.

Entonces, sin mediar palabra, me acerco al mostrador y empiezo a recoger mis cosas. Las introduzco en una bolsa de plástico que llevaba en el bolsillo, una por una, y añado unos caramelos balsámicos que había en una cestita; luego le pido la cuenta, me envuelvo en la bufanda y salgo del establecimiento.

Una vez en la calle, manteniendo la boca cerrada y respirando por la nariz, con el pañuelo enjugo una lágrima que se desprende de uno de mis ojos. Sé que esta protuberancia de mi cuello puede parecer extraña y contrahecha. Sé que los pelos emergentes, sus durezas y sus minúsculos apéndices no son del gusto de todos, ni pueden ser comprendidos sin más. Lo sé, y sin embargo, a veces, esta falta de comprensión me afecta. Por mucho que no lo sepan. Por mucho que no puedan saber que esos pelos, las durezas —inapreciables dientes de leche—, los apéndices —diminutas piernas y brazos sin desarrollar—, no son una excrecencia de mi piel, sino lo único que queda de mi atrofiado hermano gemelo. Mi única familia.

15

Los hermanos Goncourt tenían una amante. Una, para los dos. Al igual que compartían los amigos, una misma casa, y un único diario íntimo, en el cual iban alternando sus notas, sin que ni amigos ni amante pudieran distinguir jamás la autoría.

Así de unidos estaban los hermanos Goncourt desde que quedaran huérfanos de padre y madre a una edad temprana. Pero por encima de todo, lo que más unía a los hermanos escritores eran las mismas dolencias: las de Edmond estaban centradas en su estómago, y las de Jules en su hígado. No obstante, cuando Edmond de Goncourt sentía una punzada, Jules de Goncourt se echaba la mano al vientre; si a Jules le asaltaba un fallo hepático, el rostro de Edmond se tornaba inmediatamente lívido y sus ojos, amarillos.

La fría y húmeda mañana del 18 de diciembre de 1860, los hermanos Goncourt, con sus solemnes bigotes, se encaminaron al Hôspital de la Charité de París, con el propósito de recabar una descripción detallada del escenario de la que sería su tercera novela, *Sœur Philomène.* Al amanecer, los dos enjutos escritores se levantaron en el mismo minuto de las siete de la mañana, sin necesidad de avisarse el uno al otro; los dos con la misma aprensión instalada en el alma y el mismo temor enervándoles los nervios.

A las puertas del vasto edificio de piedra, flanqueado por unos raquíticos árboles despojados de su fronda, los esperaba sonriente el doctor Velpeau. El médico les sirvió de guía en el interior del hospital, y los hizo recorrer las distintas salas de los enfermos, a la vez que los iba examinando junto a su séquito de discípulos, y con la ayuda de las monjas de la caridad. Según avanzaban en su recorrido, según iban reconociendo a más y más pacientes achacosos o moribundos, los señores Goncourt fueron sintiendo cierta debilidad en las piernas, una flacidez que los hacía titubear en sus pasos y buscar un apoyo a cada instante. En menos de una hora, después de decenas de escisiones, suturas, cataplasmas y sangrías, después del rosario de lenguas moradas e inflamadas, extremidades en descomposición, ojos hueros y cráneos hendidos, aquella sensación se había transformado en un contundente dolor en lo más interno de sus cuatro rótulas, que apenas les dejaba caminar. Antes de que concluyera la visita, los semblantes de los hermanos tenían el mismo color azul y el mismo gesto crispado por el padecimiento, bajo sus dos bigotes oscuros y lacios, que el resto de los rostros que, hundidos en sus mortecinas almohadas, habían visto aquella mañana.

Aquel frío 18 de diciembre, Edmond y Jules de Goncourt salieron del Hôspital de la Charité de París apoyándose el uno en el otro, abrazados y renqueantes, padeciendo todas y cada una de las afecciones de todos y cada uno de sus internos.

Al menos, eran dos para compartir las dolencias.

16

No hay carga más gravosa, no hay peso moral más insoportable de llevar sobre los hombros, que la absoluta certidumbre de que ya naciste matando, desde el primer momento, desde el mismísimo útero materno, ya eligiendo entre tú y otro, entre tu vida y la de tu propio hermano. Aún nonato, aún sumido en las plácidas aguas del líquido amniótico, y ya asesino de tu sangre.

Podría aventurar incluso el día en que sucedió todo: con probabilidad un 12 de mayo —como mucho un 13— de 1966, cuando todavía deambulaba por los muelles fluviales del puerto de R. dentro del útero de mi madre jornalera. Posiblemente en la alborada de ese 12 ó 13 de mayo, entre húmedas cajas de cereales, en medio del violento trasiego portuario, tomé la decisión. Allí, animado acaso por aquella violencia en el aire, perpetré mi acto egoísta, determiné acabar con la vida de mi hermano, aplastarlo con el crecimiento de mi cuerpo para que no me robara mi espacio, apabullarlo y achicarlo hasta hacerlo casi desaparecer, hasta dejarlo reducido a una mera pústula de mi cuerpo.

No se conocen más de cien casos de gemelos parásitos en el

mundo. Tal es mi mala suerte. A esta elección me condujo mi sino antes incluso de nacer, a la de cercenar la vida de aquel con el que quizá podría haber compartido todas mis dolencias, de aquel que quizás habría sido el único ser sobre la faz de la tierra con peor fortuna que yo: de los dos, el desdichado que no sobrevivió allí dentro.

Y no obstante, a veces, no puedo evitar pensar que mi hermano gemelo sigue aún vivo, más como un ser inteligente que como un furúnculo de mi cuello. Vivo, porque es carne de mi carne y en él late mi sangre; inteligente, porque al fin y al cabo sus pequeñas estructuras humanas son más complejas que las de cualquier alimaña de esas proporciones. Y pienso en mi hermano como una especie de homúnculo, no como los que crearon el doctor Paracelso o el doctor Fausto, sino más bien como esos pequeños hombrecillos que creyó descubrir el doctor Hartsoeker con su microscopio, encerrados dentro de las cabezas de los espermatozoides. Pienso en mi hermano como en un hombre diminuto, con el que pudiera en cualquier momento compartir mis pensamientos, alguien que me acompaña siempre, un hombro sobre el que llorar, un oído dispuesto a escuchar mi lamento de enfermo agonizante.

Otras veces, pienso que mi hermano es el homúnculo que conduce mi cuerpo, el homúnculo situado en la cabina de mandos y responsable de todo el reguero de víctimas que va dejando mi oficio.

17

Estoy en un punto X de Madrid, en mi apartamento. He dejado en la mesa de la entrada los materiales de maquillaje que pretendo emplear para que Blaisten no me reconozca la próxima vez, aunque no sé si tendré oportunidad de utilizarlos. Me encuentro sentado en mi sillón, al lado de la estufa, tengo un termómetro en la boca, y remuevo una infusión. Siento un cosquilleo angustioso en las piernas, que podría llegar a tornarse incluso un picor, o un dolor, y presagio que vuelvo a tener problemas de circulación, un mal funcionamiento de las válvulas venosas tibioperoneas que ayudan a la sangre a proseguir su camino ascendente hacia el corazón. Me demoro en esta idea, pero al mismo tiempo reparo en que estoy demasiado relajado, por completo agotado, y caer presa de un microsueño en el sillón podría costarme la vida. Así que cambio de pensamiento. Y decido planear una nueva estrategia para matar a Blaisten si llego vivo a mañana.

Mi pequeño apartamento del punto X de Madrid disponía de treinta y seis metros cuadrados habitables cuando lo alquilé. Ahora tiene sólo veintinueve, porque el espesor de las paredes de la sala principal y del dormitorio ha engrosado casi cuarenta centímetros debido a los muebles archivadores que tengo distribuidos por el piso. Mis fichas están organizadas por dos letras y un número. La primera letra que aparece en cada cajón archivador indica la materia de la información: puede ser M, médica, J, jurídica, o H, histórica. La segunda letra de los ficheros indica la inicial del apellido del doctor, el jurista, el pensador, escritor o personaje histórico aludido. El dígito que sucede a las dos letras indica el número y orden de la ficha dentro de su categoría y autor. Los documentos relacionados con la técnica y arte de mi profesión los guardo en dos archivadores metálicos portátiles, a modo de valijas, tras el falso fondo del armario de mi dormitorio. Sin letra, número, ni nada que ayude a su identificación.

Cojo lápiz y papel, y voy colocando sobre la mesa de la sala principal las fichas de materia legislativa que necesitaré para mi nuevo enfoque del asesinato de Blaisten. Para alguien con mi oficio es muy útil y recomendable estar familiarizado con el funcionamiento de la Justicia; sí es cierto que lo era antes más que ahora, cuando tengo la certeza de vivir mis últimos momentos, es más, cuando puedo presentir con una visión clara y distinta la silueta de la muerte abatiéndose sin clemencia sobre mí esta misma noche sin luna.

Pero hombre precavido vale por dos, y no puedo dejar de considerar que mi suerte sería capaz incluso de invertir sus designios con el fin de mortificarme. Y no se me ocurre nada más penoso que pasar, en mi estado, los dos, tres, cuatro últimos días a lo sumo de vida regalada, desahuciado en una húmeda celda de la cárcel. Por eso voy a poner todo mi empeño en planificar con precaución y detalle, desde el punto de vista de la jurisprudencia, el atentado que ha de terminar mañana con la vida de Eduardo Blaisten.

Nunca pude asistir a la escuela ni recibir formación alguna, pero todo lo que tengo que saber está contenido en este pequeño apartamento.

18

9.47 DE LA MAÑANA. INTENTO DE HOMICIDIO SIN ACCIÓN VOLUNTARIA DE DELITO POR INTERVENCIÓN DE FUERZA IRRESISTIBLE.

Hace dos horas que estoy en el andén de metro de la estación de Sevilla, en dirección a Ventas. Hasta el momento han pasado veintiséis trenes, con una frecuencia media de cinco minutos y veinte segundos. Pero nunca hay que fiarse de las estadísticas. Uno de los trenes se ha demorado más de diez minutos, y eso ha echado por tierra la frecuencia media de todos los demás. Las estadísticas no son de fiar. Según el Departamento de Riesgos de la Universidad de Iowa, en Estados Unidos hay 700.000 médicos en activo, y al año mueren 120.000 personas por razones derivadas de la mala atención médica. Esto equivale a una media de 0,171 muertos por médico. Por otra parte, en Estados Unidos hay 80 millones de ciudadanos que poseen algún arma de fuego, y unas 1.500 personas mueren al año por causas accidentales relacionadas con esas mismas armas de fuego. Esto da una media de 0,0000188 muertos accidentales por arma. En consecuencia, según la estadística, tendríamos que pensar que un médico es 9.000 veces más peligroso que un arma de fuego, una conclusión probablemente exagerada.

En las dos horas que llevo confinado en el angustioso túnel de la estación de metro de Sevilla, vigilando el andén con dirección a Ventas, soportando sobre mí el peso de la ciudad y las vaharadas de aire caliente y vapores mecánicos, han pasado por aquí sesenta y ocho personas con bufanda, cuarenta y tres personas tosiendo o estornudando, diecinueve llevando un bastón, de las cuales una de ellas traía además consigo un perro, tres personas con paraguas, y un señor con una operación de traqueotomía tapada con una gasa. Como soy alérgico al epitelio de los perros he buscado a un guardia de seguridad, para ver si podía expulsarlo del espacio del transporte público suburbano, pero se ha excusado en la incapacidad visual de su dueño y en su dificultad para moverse sin ayuda por las instalaciones del metro, para no hacer nada. Le he pedido que al menos le preguntara al dueño del perro si había aplicado al animal alguna loción tópica para eliminar los residuos alérgenos, Vetriderm, por ejemplo, pero el guardia de seguridad me ha mirado con una expresión extraña, como si estuviera pidiendo un imposible, y finalmente se ha ido sin hacer nada en absoluto, mirándome aún con el ceño fruncido cuando doblaba la esquina del pasillo de salida. De eso hace ocho trenes. Ahora hay dos chicas jóvenes a mi izquierda riéndose de mí.

Llevo ciento veintiséis minutos aquí apostado observando el flujo de la gente en el andén al entrar y salir de los vagones. La masa de viajeros sigue pautas, y si se tiene la paciencia suficiente se puede llegar a predecir el comportamiento de la aglomeración. En este momento mis cálculos son bastante precisos. Y en los minutos que restan hasta que aparezca Eduardo Blaisten aún podré perfeccionarlos un poco más. Luego sólo tendré que sumergirme en la corriente de viajeros, de manera tal que me dirija a Blaisten como una fuerza irresistible, y me vea obligado a empujarlo a las vías justo antes de que aparezca el tren. Aunque esta vez, por supuesto, no llevaré conmigo ningún arma blanca de más de once centímetros de largo que suponga imprudencia o peligrosidad.

Concebir el plan ha sido sencillo. En realidad sólo tenía que mirar atrás en mi pasado, repasar las circunstancias a las que me condujo mi mala suerte, y eliminar los elementos que condena la ley. El resto ha sido perseverancia, observación y método. Y ahora lo único que me da miedo es que al concluir las horas punta de esta mañana, el descenso de afluencia de usuarios del transporte público suburbano altere mis cálculos, y deje las corrientes de gente mermadas e inertes. Por lo demás, tan sólo me molestan estas dos jovencitas riéndose de mí sin ningún disimulo. Llevo un bigote alargado y una estilizada perilla de tintes rojizos sobre la cara, me he modelado una nariz quizás algo aquilina, y me he peinado el cabello hacia atrás. También me he enfundado un abrigo de piel de cabra abrochado hasta arriba, con las solapas lanudas levantadas, y supongo que en conjunto puedo tener un aspecto que recuerde a una especie de fauno, y eso debe de ser lo que provoca la risa de las jóvenes con uniformes colegiales.

Dos trenes después, las jovencitas se han ido y ha aparecido el señor Blaisten. Mejor, porque yo no mato por placer. Miro a mi alrededor: según mis cálculos aún hay gente suficiente, así que respiro hondo y me preparo para consumar por fin el asesinato. Tengo todo el cuerpo dolorido, de llevar tanto tiempo aquí de pie, o sentado en un banco tan duro como el suelo; tengo las articulaciones entumecidas y puedo sentir los riñones como puños clavados en la espalda. Blaisten se ha acercado al filo del andén, y yo computo personas y segundos mentalmente, mirando el cronómetro que indica la llegada del próximo tren. Acaba de marcar el último minuto.

A lo lejos se oye el traqueteo ascendente que produce la maquinaria y se propaga por las vías. El sonido viene de la derecha, por lo que se trata del metro de nuestro lado. El rumor se convierte en un estruendo en unos instantes, y todo el túnel se ve invadido por un fragor de cuchillos cortando las paredes y el aire. Cuento hasta tres y me zambullo en la marea de personas que se acercan a las vías, en dirección a Blaisten. Me acerco. Me acerco. Me acerco. Me acerco. Y la corriente se detiene. Blaisten está de espaldas a mí, y bastará un impulso más para arrojarlo bajo las ruedas lacerantes del tren. La corriente avanza tímidamente unos centímetros, con suerte no habrá víctimas colaterales. Unos centímetros más aún. Y entonces la corriente cambia de dirección de forma inesperada, paso cerca de Blaisten, y quedo situado como un estúpido a su derecha. Por un momento pienso que Blaisten podría reconocerme a pesar de mi disfraz, y verse arrastrado contra mí por una fuerza irresistible, hasta arrojarme a las vías. Como hace años que sufro la enfermedad del vértigo o Síndrome de Ménière, la mera sensación de que Blaisten se aproxima a mí para empujarme por la espalda desemboca en unos fenómenos acúfenos que me hacen perder el equilibrio. Me columpio en el borde mismo del andén, agitando los brazos en el aire como aspas de un molino, hasta que dos viajeros me agarran a izquierda y derecha por los codos. Uno de ellos me golpea sin querer la cara, y me hunde la nariz artificial, que queda tronchada como un enorme garbanzo.

Entonces, la fuerza irresistible me introduce en el vagón.

Eduardo Blaisten ha entrado después de mí, y una vez más estamos en el mismo compartimento de metro. Todo se ha echado a perder. Tan sólo me queda esperar a que en la estación de Goya trate de cambiar a la línea 4, y allí improvisar una hipótesis sobre la fluctuación de la multitud, y cruzar los dedos para que la gente me empuje contra Blaisten de forma incontenible.

Me cubro la nariz con un pañuelo y, en efecto, cuatro paradas después Blaisten hace un intercambio en Goya. Lo sigo por los pasillos subterráneos y las escaleras mecánicas, con mi episodio de vértigo obligándome todavía a agarrarme a los brazos de la gente. Ya en el andén de la línea 4 en dirección a Argüelles, observo con avidez los movimientos de los viajeros, tratando de procesarlo todo, desazonado por la idea de tener una única oportunidad. Cuando el tren se acerca, todo se repite. Me posiciono detrás de Blaisten, aumentan el estrépito y los chirridos. La masa se estremece por primera vez, cobra forma. En esta ocasión estoy más cerca de Blaisten, y la masa me conduce hacia él. Me acerco un poco más. Un poco más. Bastaría un pequeño envite para hacerlo caer a una muerte segura. Pero la masa no se mueve. Ha perdido el pulso. No comprendo qué ocurre. Miro a mi alrededor y reparo en una variable que no había tenido en cuenta: todos los viajeros de mis inmediaciones tienen más de setenta años. Uno de ellos, a mi derecha, dice:

—¿Seguro que no deberíamos haber cogido el autobús?

—No sé, no sé… Pero ya que hemos pagado el viaje… —le contesta otro.

Por un momento parece que el primero va a dar otro paso, pongo mi cuerpo en tensión, pero se lo piensa mejor y dice:

—Para lo que nos cuesta... Todavía podríamos salir de aquí y coger el autobús.

Blaisten sigue de espaldas, no se vuelve. A mi izquierda oigo una voz que se incorpora a la conversación:

—Pues centimito a centimito...

Los dos primeros ancianos de mi derecha asienten con la cabeza, dándole la razón, y uno de ellos pregunta:

—Pero ¿usted venía con nosotros? ¿Es usted don Andrés?

—No, no, yo me llamo Cipriano, de aquí del barrio, pero no nos conocemos.

—Ay, hijo, como ya me olvido de todo...

Entonces, en un instante de debilidad en el que siento que mi cuerpo no se encuentra perpendicular al suelo, me agarro al brazo del señor de mi derecha, que me pregunta:

—¿Y usted? ¿Usted venía con nosotros, joven? No recuerdo su cara, pero vaya usted a saber...

No le contesto. Me abruma la sensación de que toda la plataforma de la estación de metro está dramáticamente inclinada hacia un lado, y a mi espalda suena la voz de una señora que dice:

—Pero no desaprovechen ustedes el viaje, hombre, que tenemos una pensioncita muy pequeña.

Todos los señores asienten a la vez con la cabeza. Pero para cuando por fin los ancianos parecen decididos a avanzar un poco más, dispuestos a dar otro paso, para cuando el estrépito del tren se hace ensordecedor inundando el túnel, y puedo sentir la espalda de Eduardo Blaisten acariciar el extremo de mi deformada nariz postiza, ya he comprendido que el ímpetu de nuestra corriente sería incapaz de arrojar a nadie a las vías, y que en todo caso ningún juez de este país ni de ningún otro consideraría semejante congregación una fuerza irresistible.

19

Durante los períodos de composición de sus obras, Jonathan Swift se veía constantemente asaltado por un pertinaz zumbido en los oídos, así como mareos y una frialdad en el estómago que él atribuía al hecho de comer demasiada fruta.

Su médico de cabecera de Moor Park, en el condado de Surrey, le prescribió un régimen de ejercicio diario que consistía en andar, correr, montar a caballo, nadar y, cada vez que le sobraran unos minutos, subir y bajar escaleras. Lejos de desaparecer, los síntomas de su enfermedad del vértigo no hicieron otra cosa que aumentar y multiplicarse.

Una húmeda tarde de febrero de 1720, el señor Swift se hallaba absorto en la redacción del décimo capítulo de su libro *Los viajes de Gulliver*, aprovechando la hipoacusia que le asaltaba esos días y que le mantenía aislado de toda distracción. En el desván de un refugio de madera en un remoto paraje en tierras irlandesas, con las ventanas atrancadas con traviesas para evitar la sensación de caer al vacío y con su blanca peluca leonada puesta aun dentro de la casa para protegerse los oídos, el señor Swift creó a los struldbrugs, unos seres inmortales que ocasionalmente nacían en el seno de alguna familia del reino de Luggnagg, marcados con una mancha circular roja en la frente, encima de la ceja izquierda, como señal infalible de que nunca morirían. La mancha, con el tiempo, agrandaba y cambiaba de color: a los doce años se hacía verde, tonalidad que se mantenía hasta la edad de veinticinco años, para entonces tornarse azul oscuro, y después, a los cuarenta y cinco, definitivamente negra como el carbón.

Estaba aún el señor Swift decidiendo qué naturaleza les conferiría a los struldbrugs, si una sabia y preclara, o acaso otra ladina y miserable, cuando le abordó un mareo que lo hizo creer que tenía torcida la cabeza y, por momentos, el cuerpo entero. El vahído era tan fuerte que ni aun sosteniendo su cabeza con las dos manos, ni aferrándose al sobrio escritorio, recuperaba la sensación de equilibrio, y tenía la impresión de que toda la superficie de la casa estuviera inclinada. Trató de levantarse en varias ocasiones, pero entonces el ataque era aún peor, y sentía como si toda la estancia se precipitase hacia arriba, y él, por ende, se hundiera violentamente hacia el abismo de su centro. Empuñó a continuación el manuscrito, en un intento de concentrarse en algo distinto a su episodio de vértigo, enfocó su vista tratando de aprehender alguna línea, pero entonces las letras se dispararon hacia lo alto y en todas direcciones, y el señor Swift cayó y cayó entre los caracteres hasta estrellarse contra un altozano sembrado de cereales, donde se vio rodeado por cuatro centenarios struldbrugs. Uno de ellos, a su derecha, le dijo:

—Ya podría usted tener más cuidado al caer.

—Yo… —replicó el señor Swift.

—Vamos, no le digo que ha estado a punto de matarnos porque no podemos morir —añadió otro, con tono acusador—.

Pero ¿se imagina usted lo que sería pasar el resto de la eternidad como un tullido, aplastado por semejante trasero?

—Yo...

—Yo, yo, yo... ¿Y quién es usted, si se puede saber?

—Me llamo Jonathan Swift —dijo el señor Swift, y se levantó del suelo, ofreciéndole la mano a los cuatro ancianos.

—¿Nos conocemos? —preguntó uno de ellos.

—No, no lo creo —contestó.

—Entonces, ¿qué hacemos hablando con usted?

—Es porque acabo de caer entre ustedes, y casi los aplasto.

—¿Ah, sí? —dijo el primero—. No lo recuerdo.

—¿Y quién es usted, si se puede saber? —preguntó otro.

El señor Swift miró a su alrededor, observó a los hombres y la mancha negra como el carbón que los cuatro tenían sobre la ceja izquierda, y comprendió lo que estaba ocurriendo: estaba en medio de una terrible crisis de su enfermedad del vértigo.

—Me temo que no me creerían si se lo explicase —respondió el escritor.

—¿Y de dónde viene, si se puede saber? —preguntó otro.

—De muy lejos, créame.

—¿Y no nos podría obsequiar con un recuerdo? —En realidad el struldbrug pronunció *slumskudask*, pero el señor Swift no tuvo problemas en entender lo que aquello significaba.

—A nosotros nos mantiene el gobierno —aclaró uno que parecía doscientos o trescientos años más joven que los demás—, pero con una muy pequeña asignación, dicho sea de paso.

—Lo cierto es que no llevo nada encima, hace tan sólo un instante estaba en el desván de mi cabaña.

—¿Y si no lleva nada encima, entonces qué hacemos hablando con usted? ¿Y quién es usted, si se puede saber? —inquirió el anciano con el dedo índice inhiesto apuntado a sus generosos carrillos.

Y a continuación, sin mediar más palabras, los cuatro struldbrugs se abalanzaron sobre el señor Swift, y comenzaron a perseguirle por todo el altozano sembrado de cereales, propinándole tremendas patadas en el trasero, cada vez con más fuerza, de forma que el señor Swift llegaba cada vez más alto y más alto, hasta que, puntapié tras puntapié, y después de trazar una alargadísima parábola, volvió a encontrarse de nuevo situado al otro lado del manuscrito.

El escritor respiró hondo, trató de serenarse, humedeció su pluma en el tintero, y se dispuso a perpetrar su venganza. Así fue como, además de los defectos que de hecho ya había constatado en los struldbrugs, además de codiciosos, malhumorados y desmemoriados, los acabó dibujando abatidos y melancólicos, tercos, enojadizos, vanidosos, charlatanes, sin dentadura ni paladar, incapaces de sentir amistad o cualquier otro afecto natural, menesterosos, y con las enfermedades siempre en aumento por los siglos de los siglos.

La obra cumbre de Jonathan Swift se publicó en una imprenta de Londres en noviembre de 1726, con un millar de sus desdichados inmortales atrapados en las páginas de su décimo capítulo por el resto de la eternidad.

No obstante, a partir de esa fecha los mareos del señor Swift fueron a más, los fenómenos acúfenos y la hipoacusia se acrecentaron, su miedo a la enfermedad y su disposición a los pensamientos morbosos lo hicieron huraño, y el carácter se le tornó agrio, irascible y melancólico, alejándolo de las gentes e incluso de sus amigos más íntimos. Y fue perdiendo las facultades mentales, hasta quedar por completo desprovisto de recuerdos, y de todo aquello que tuviera que ver con la capacidad de la memoria.

20

Jonathan Swift perdió a su padre antes de haber nacido, cuando todavía deambulaba por las calles de un Dublín revuelto dentro del útero de su alocada madre inglesa. Apenas aprendió a gatear fue secuestrado por su niñera, quien trató de ponerlo a salvo llevándolo al hogar de sus abuelos maternos en Whitehaven, Cumberland, Inglaterra. Tiempo después, cuando el párvulo cumplió los cuatro años, su madre regresó a la tierra que la vio nacer, se reencontró con sus padres y con su hijo, y apenas se lo pensó un poco, se volvió a deshacer de él, esta vez para siempre, puso de nuevo un mar de por medio, y lo envió de vuelta a Irlanda al cuidado del hermano de su difunto esposo.

El padre de Edgar Allan Poe, tuberculoso y alcohólico, abandonó a su familia cuando el poeta gótico tenía dos años, para morir más tarde víctima de su enfermedad en paradero desconocido. La madre, también tísica y embarazada entonces de su tercer hijo, murió cuando el señor Poe aún no había alcanzado los cuatro años de edad ni los noventa centímetros de altura, a pesar de su gran cabeza.

René Descartes perdió a su madre cuando tenía un año, el

doctor Paracelso cuando tenía seis, el señor Voltaire a los siete, el señor Molière a los diez, el señor Kant a los trece, Jean-Jacques Rousseau cuando apenas tenía unos días.

El padre de Lord Byron murió rodeado de sus muchas amantes y sus muchos acreedores cuando éste tenía tres años, dejando al poeta romántico como sola herencia una larga lista de deudas y los gastos del propio funeral. Su amiga, la escritora Mary Wollstonecraft, apenas heredó de su madre su mismo nombre, antes de que falleciera al cumplir ella los once días, si bien luego el legado de ese primer apellido fue eclipsado cuando contrajo nupcias con el también poeta romántico Percy Shelley.

León Tolstói perdió a su madre, la princesa Maria Nikoláievna Volkonski, cuando aún no había cumplido dos años, y su padre, el conde Nikolái Ilich Tolstói, murió de un ataque de apoplejía cuando el novelista ruso acababa de cumplir los diez.

Cuando Guy de Maupassant tenía cuatro años, su padre y su madre se separaron, y el señor Maupassant no conoció otra figura paterna que la que representó para él el escritor Gustave Flaubert. Cuando Nietzsche cumplió los cinco, su padre, el párroco de Röcken, se mató al caerse por las escaleras de la iglesia. Cuando Coleridge iba a cumplir los nueve, su padre, el vicario de Ottery, murió de forma repentina y el poeta inglés fue de inmediato enviado al internado Christ's Hospital de Londres, célebre por su irrespirable atmósfera y sus normas inflexibles. Junto a ellos, la lista de los niños huérfanos o abandonados por alguno de sus progenitores incluye al señor Dante, al señor Erasmo y al señor Pascal, a Diderot y a D'Alembert, a Francis Bacon, Arthur Schopenhauer, Søren Kierkegaard, Albert Camus, Jean Paul Sartre y Bertrand Russell. A Gandhi. A Charles Dickens y a Charles Baudelaire. A John Keats, Víctor Hugo y Dostoievski. Al señor Platón y al señor Aristóteles.

Yo perdí a mi madre a los siete años de edad, aplastada por una prensa neumática en el polígono de San Cristóbal Industrial. Poco después mi padre inició una nueva relación, con el alcohol, mediante la que trataba de descubrir la salida al callejón sin salida de su vida, y sólo descubrió la existencia física de su hígado y, al cabo, a mis nueve años, el descarnado rostro de la muerte.

21

Una tarde de abril de 1987 me encontraba sentado en una terraza cerca del Palacio de Cristal del parque del Retiro, junto a un apacible lago artificial, tomando una infusión y revisando unas notas manuscritas, cuando un objeto circular y con los bordes ligeramente curvados hacia dentro, de color amarillo intenso y unos veinticinco centímetros de diámetro, cayó en mi mesa, golpeando la pequeña tetera, así como el azucarero que había traído el camarero y yo ni siquiera había tocado. De inmediato, una chica joven, aún más joven que yo por aquel entonces, se plantó a mi lado y me preguntó si le podía devolver el *frisbee.* Como yo no sabía qué cosa era un *frisbee,* tardé unos segundos en responder y en tenderle el platillo volante de color amarillo intenso; al tiempo que abrí mi boca y dije:

—¿La cosa esto querrer tú parra ti?

Para su asombro, para mi asombro, pronuncié aquella frase con un perfecto acento soviético, de los tiempos en los que la Unión de Repúblicas Socialistas Soviéticas, bajo el liderazgo de Mijaíl Gorbachov, todavía no había comenzado su proceso de disolución, si acaso con cierta tendencia a una entonación bielorrusa en las sílabas finales de las palabras.

La chica, que antes me había hablado en un español fluido, dudó y luego me dijo:

—*Thank you.*

Hizo un leve gesto con la cabeza, y desapareció de las inmediaciones del lago, del recinto del Palacio de Cristal, y de todo el parque del Retiro.

Agotado por el esfuerzo de perseguirla, con un sombrero calado y una bufanda cubriéndome el rostro hasta los ojos, a lo largo de ese día mi acento fue mudando desde la tonalidad bielorrusa hasta, al caer la noche, ostentar un marcado acento lituano. El lunes siguiente, la musicalidad de mis frases era letona. Para, los días ulteriores, de miércoles a sábado, y de domingo a jueves, ser tomado respectivamente por un emigrante ucraniano y por un desnutrido joven polaco, de contornos huesudos, producto de las huelgas de la Solidarność.

A esta primera crisis del Síndrome del Acento Extranjero le siguieron casi quince años en los que fui conociendo las cadencias mexicanas, cubanas, chinas, húngaras, centroafricanas, así como de los rincones más insólitos e inexplorados del planeta, en episodios de persistentes accesos que se alternaban con otros períodos de aparente normalidad.

Así fue hasta que una calurosa tarde de agosto de 2001, en la planta baja del edificio de mi apartamento en el punto X de Madrid, le dije a la portera de la finca, según luego supe:

—La quieto persona Mateo, raábica la pola, le caloor.

Si bien yo en realidad quise decirle que no funcionaba mi sistema de aire acondicionado. Ella, según luego supe, me replicó:

—No le he entendido ni una sola palabra, señor Y.

No obstante, entonces yo tan sólo oí: «Arráncate hombrre, la caballeresca mirada».

Algo perplejo, y con todo aún necesitando saber cómo solucionar el problema del aire acondicionado, pues hacía mucho calor, e iba a salir a la calle, y yo siempre lo dejaba funcionando en las horas en las que no estaba en casa, para poder refrescarla sin miedo a resfriarme, le quise decir: «No acabo de comprender bien, señora, qué tengo que hacer». Pero en cambio, con acento de la Baja Sajonia, de la zona montañosa del Harz, le dije:

—Mastícala antes por todos sitios, la quieta pérfide.

Desde aquel primer acceso, desde que aquella tórrida tarde de agosto mi Síndrome del Acento Extranjero degenerara —quizá por el efecto del calor inmoderado en mis áreas temporoparietales— en una suerte de compleja afasia, he tenido que convivir con paroxismos de uno y otro tipo, sin que jamás ninguno de ellos reportara beneficio alguno para mi vida cotidiana ni para mi oficio.

Hasta hoy.

22

10.21 DE LA MAÑANA. INTENTO DE HOMICIDIO CON EXIMENTE DE LEGÍTIMA DEFENSA.

Cuando me he despertado esta regalada mañana de viernes, cuando me he descubierto aún con vida tocado por los tímidos rayos de este amanecer inesperado, he tenido que tirar con todas mis fuerzas de mi descompuesto cuerpo para conseguir arrancarlo del lecho, he tropezado a los pies de la cama con los aparatos de respiración asistida, he querido decir: «¿Por qué la mala suerte me persigue?», y en su lugar he dicho: «¡Attention, señoor, le voiture!». Y entonces lo he visto claro: tan sólo había de venir a buscar a Eduardo Blaisten al Starbucks de la calle Virgen de los Peligros esquina con Alcalá, donde los viernes, al igual que los martes, viene a tomarse su café matinal, dirigirme a él y esperar a que cualquiera de sus comentarios me suene como una amenaza de muerte, y en ese momento acabar de una vez por todas con su vida, con la eximente de que yo creeré hacerlo en legítima defensa.

Estoy sentado en un taburete alto, junto a la vidriera. Me cubre toda la cabeza una máscara de poliestireno que he confeccionado para la ocasión, y sobre ella llevo una peluca de pelo natural de color pajizo. Parezco más grueso de lo que soy, más resistente de lo que soy, y, a pesar de los rasgos rudos y pendencieros que me he modelado, menos peligroso de lo que en realidad soy.

En estos momentos, a través de los cristales, acabo de ver aparecer al señor Blaisten, acompañado de su amante. El señor Blaisten nunca viene acompañado de su amante, y a mí nunca me han gustado los cambios. Él lleva un abrigo largo de color gris perla, una larga bufanda de tres colores que la atraviesan en línea de un extremo a otro arrollada al cuello, y el plano y rígido maletín forrado en piel que nunca lo abandona. Su amante lleva un ceñido abrigo de lana y algodón hasta las rodillas, con cuadritos negros y amarillos, un gorro negro de punto de lana, unos pendientes de dijes de azabache, y botas altas oscuras. En pocos minutos han pedido sus bebidas, y ahora están sentados junto a mí en dos taburetes altos.

Tomo una bocanada de aire, me aprieto el abdomen para aliviar el dolor que me consume, pongo mi cuerpo en tensión, me aproximo a él para pedirle que me acerque el periódico del establecimiento, le toco el hombro y le digo:

—La blanca negra cosa, espicorrábico.

El señor Blaisten me mira con extrañeza, se aclara la voz, y me pregunta:

—¿Amable caballeresca mirada?

Su comentario no me ha parecido demasiado agresivo, así que no tengo excusa para matarlo. Tampoco puedo tratar de provocarlo, porque entonces la ley podría no contemplar mi derecho a la legítima defensa. Así que insisto, y vuelvo a pedirle la prensa de hoy:

—La quieto noticias, negras cosas pasan.

El señor Blaisten, sin perder su sonrisa, se interesa de nuevo:

—¿Cosa dit, psicopúrtide?

Su amante lo agarra desde atrás por el brazo, y tirando de él le advierte en voz baja:

—Muerte perra, abasto noticias.

Este comentario quizá podría ser tomado como algo amenazador, pero la amante de Eduardo Blaisten no es mi objetivo. Así que cambio de estrategia, y decido dirigirme a ella, hablarle de cómo los bucles de su pelo parecen ingrávidos cuando camina por la calle y son vistos desde atrás, del olor de su pelo, de sus ojos soñadores, y de cómo deja la boca entreabierta cuando mira a través de las ventanas, por si de esta forma consiguiera despertar los celos de él.

—Fuego y lenta mirada, la quieto persona, Mateo, con luna fémina —digo.

La amante del señor Blaisten retrocede un poco, refugiándose detrás de su compañero. No estoy muy seguro de si mi máscara de poliestireno seguirá intacta y con buen aspecto. Debajo de ella debo de haber alcanzado los treinta y siete grados y medio con facilidad, y el sudor no tiene por dónde salir. Trato de secarme con un pañuelo, pero en la superficie de mi frente de polímero termoplástico no hay nada que secar.

—La tenue dulce —le digo aún a ella, que todavía me mira a los ojos guarecida al otro lado del señor Blaisten—, siempre.

El señor Blaisten se levanta, se vuelve a abotonar el abrigo, que aún no se había quitado, coge los dos vasos de cartón con sus tapaderas de plástico, el maletín de piel, le ofrece el brazo por el codo a su amante, y salen del local. Antes de irse, se despide de mí:

—Morrocotuda cabeza, escusami.

A lo que ella añade:

—Minino.

El sudor de mi frente ha encontrado por dónde salir, y lo hace por las dos aberturas de mi careta para los ojos. Ahora sí, lo seco con el pañuelo, y dejo caer sobre el estante del ventanal la pequeña cafetera de acero inoxidable y boquilla afilada, con el logotipo de Starbucks, con la que pensaba matar a Blaisten.

23

René Descartes nació en la aldea de La Haye, en la región de la Touraine, una pequeña población francesa que crecía arropada por el último tramo del río Creuse, un primaveral 31 de marzo de 1596. De su madre, a la que perdió cuando tenía un año de vida, heredó una tos seca y una fisonomía pálida, además de una fortuna que le permitió vivir con cierto desahogo económico por el resto de sus días. Su padre, al ver un niño tan endeble y quebradizo, siempre dio por supuesto que no viviría demasiado.

El 10 de noviembre de 1619, el señor Descartes se encontraba en los cuarteles de invierno del ejército de Maximiliano de Baviera, en un remoto paraje a orillas del Danubio. Pasaba el día solo y encerrado en una habitación con las ventanas atrancadas con traviesas para evitar la entrada del frío, sentado al lado de una estufa, tomando una infusión, con toda la tranquilidad necesaria para entregarse por entero a sus pensamientos.

Como fuera que el señor Descartes acostumbraba a dormir más de diez horas diarias, lo que le dejaba una mirada turbia y de apariencia pendenciera, el placentero bochorno de aquella estufa le fue venciendo y le hizo caer en un profundo sopor, a lo largo del cual tuvo tres sueños. En el primero de ellos se hallaba en una calle barrida por un fuerte vendaval que le impedía mantener el equilibrio, también a causa de su debilidad en la rótula de la pierna derecha, pero los compañeros que se encontraban junto a él conseguían sostenerlo. Después, el señor Descartes cayó al suelo y se despertó. Y de nuevo, arrullado por las soflamas calientes, sucumbió a la somnolencia. Entonces le volvió a despertar el estallido de un trueno que iluminó toda la habitación, y que, sin embargo, era de nuevo parte de un sueño. Se durmió otra vez. Y soñó que descubría un libro sobre el tablero de su sobrio escritorio. Comenzó a hojearlo, y su vista tropezó con las palabras *quid vitae sectabor iter?*, sentencia que tomó como una interpelación acerca de la vida que debía seguir y que, ni que decir tiene, acabó por despertarlo de nuevo. Y así permaneció el filósofo francés por el resto del día en tierras germanas, atufado por la estufa. Y no obstante, incluso antes de salir por completo del sopor, el señor Descartes ya había empezado a vislumbrar el sentido del primer sueño como una advertencia hacia los errores del pasado y los inconvenientes de pretender apoyarse en los demás, el segundo como el descenso del Espíritu de la verdad para tomar posesión de su cuerpo, y el tercero como una señal de que pronto se le abrirían todos los tesoros del conocimiento verdadero. Cuando el señor Descartes terminó de despertarse, tosió, escupió algunas flemas viscosas teñidas de sangre, como mermelada de grosellas, y asintió con la cabeza. Había tomado la decisión más importante de su vida: había gestado el ambicioso plan de crear un método para descubrir la verdad en cualquier rama de la ciencia.

Con todo, a pesar de la evidencia tan clara y distinta con la que el señor Descartes veía su futuro, no acertaba sin embargo a adivinar lo cerca que iba a estar de no consumarlo. Pocos días después de aquellas revelaciones, el filósofo se encontraba en la ciudad de Hamburgo, donde decidió embarcar a través del río Elba en dirección a Frisia oriental. Tan pronto como llegó a su destino, cambió de opinión, y quiso trasladarse a Frisia occidental, porque allí le era imposible soportar el reuma de sus huesos. Tal era la impaciencia que le embargaba, que esa misma noche alquiló otra embarcación y contrató una pequeña tripulación de marineros para que le condujera hacia el este. El señor Descartes viajaba con la sola compañía de su criado, con quien departía en el exquisito francés de la Touraine, y, mientras conversaba, no pudo evitar también escuchar y no necesitó demasiado tiempo para constatar que se habían metido, por su propio pie, en un cubil de asesinos profesionales, que andaban confabulando e intrigando amparados por la supuesta diferencia del idioma.

Con el tuétano de los huesos congelado por el pánico, René Descartes pudo oír cómo los asesinos lo habían tomado por un rico comerciante, y cómo deliberaban acerca de que era un extranjero de algún lugar lejano, que no conocía a nadie en el país y que nadie se tomaría la molestia de hacer averiguaciones en torno a su persona en el caso de desaparecer, que era endeble y quebradizo, que parecía a punto de morir de un soplido, y que sería muy fácil tarea la de quitarle la vida. Y sin embargo, para sorpresa de aquellos que juzgan por la apariencia, el señor Descartes no se dejó amedrentar. Se puso en pie de un salto sobre su pierna sana, se dirigió a aquellos torpes asesinos profesionales que no habían tenido en cuenta la posibilidad de que su pasajero hablara varios idiomas, y arengándoles en su propia lengua y haciendo un amplio uso de la jerga les amenazó con dejarles en su sitio si se atrevían a proferirles el menor insulto, a él o a su criado, que con paciencia de lacayo callaba, escuchaba y asentía. Apuntándoles con el dedo índice inhiesto y con su mirada turbia y de apariencia pendenciera, dijo también algo a propósito de ensartarlos en la navaja de Ockham que aquellos anticartesianos no entendieron, y, con las mentes confusas ante tanta palabrería y ante el milagro del cambio de registro lingüístico, los acabaron por conducir sanos y salvos hasta su destino.

24

No hay más de veinte casos registrados en el mundo de personas que padecen el Síndrome del Acento Extranjero. Así de turbadora es mi mala suerte. Desde que aquella tarde de abril de 1987 me asaltara este raro desorden, con origen probablemente en una pequeña lesión neurológica a nivel cortical o subcortical, mis trastornados sistemas motores de la producción del habla me obligaron durante años a pronunciar mi propia lengua materna como lo haría un extranjero cualquiera: cambiando la longitud de las sílabas, adulterando el tono, siendo incapaz de articular ciertos fonemas. Por mucho que me esforzase en controlar mi pronunciación, por mucho que instase a mi boca a hablar tal y como yo le ordenaba, el habla es la conducta motora más compleja del repertorio de movimientos humanos, un verdadero prodigio de coordinación neuromuscular que implica la acción armonizada de un centenar de músculos de grupos distintos, inervados por distintos nervios craneales. Y yo, por más que me resistiese a entenderlo, había sido privado de semejante milagro, en un mundo en el que los oyentes de la misma lengua detectan sin compasión cualquier mínimo desajuste en la melodía habitual comúnmente aceptada.

El infortunio se ha cebado en unos pocos desde el principio de los tiempos, y no se ha dado una época en la historia de la humanidad en la que no haya habido unos cuantos hombres o mujeres, un puñado de infelices repartidos por la superficie del planeta, que no se hayan convertido en sus víctimas hasta extremos incomprensibles para una mente mortal. El 20 de abril de 1940, Silje Nystrøm, una joven noruega al cuidado de su hijo Per, de tres años, fue alcanzada en el cráneo por un fragmento de proyectil durante el bombardeo nazi a la pequeña ciudad de Namsos, en una de las últimas fases de la Operación Weserübung. La señora Nystrøm cayó en coma, y cuando despertó, su noruego comenzó a sonar con un marcado acento alemán de la Baja Sajonia, de la zona montañosa del Harz. A lo largo de los meses siguientes, por mucho que se esforzara, la señora Nystrøm era incapaz de evitar esta alteración de su habla, lo que poco a poco le granjeó el recelo de todos sus convecinos. Dejó de tener dónde comprar el azúcar. Su último pretendiente, que ella esperaba algún día llenara el hueco del desaparecido padre de Per, dejó de regalarle medias de nailon. Cada vez más, la joven noruega sufría las situaciones propias no de una enferma, sino de una hablante extranjera en tiempos de guerra, de una infiltrada alemana, una germanófila, una nazi, el enemigo. Una noche de finales de primavera de ese año, en aquella fría y pequeña ciudad tan dada a los incendios, la casa de madera en la que vivía Silje Nystrøm prendió y ardió hasta los cimientos, con ella y su hijo Per atrapados en su interior, y la puerta principal atrancada con traviesas desde fuera.

Los designios del señor Infortunio son inescrutables, y para mí no parece que tenga reservados planes más alentadores. Yo dejé de preocuparme por la prosodia de mis frases aquella tarde de agosto de 2001 en la que mis áreas temporo-parietales protagonizaron un minúsculo cataclismo, aquella tarde en la que mi Síndrome del Acento Extranjero fue relevado y la Afasia de Wernicke tomó el control de los centros de lenguaje de mi cerebro, y por añadidura comencé a hablar con frases interminables, a incorporar palabras innecesarias, a cambiar unas por otras, a usar neologismos absurdos, hasta no sólo emitir una jerga ininteligible para los demás cuando intento expresarme, sino incluso dejar de entender nada de lo que se me dice mientras duran los accesos. Condenado a sufrir las situaciones propias, no de un enfermo, sino de un hablante extranjero que procede de un país de un solo habitante.

25

19.37 DE LA TARDE. INTENTO DE HOMICIDIO SIN ACCIÓN VOLUNTARIA DE DELITO POR ESTADO DE INCONSCIENCIA.

Estoy agotado, al límite de mis fuerzas. Creo que esta noche voy a morir. Pero he de acabar antes con Eduardo Blaisten, soy un hombre de moral kantiana, y me pagaron por adelantado. No me puedo ir sin antes haber eliminado a mi objetivo, así que he de aprovechar este agotamiento, y los continuos microsueños que me asedian esta tarde, poniendo en peligro mi vida cada pocos minutos. He de aprovechar estos intervalos de sopor involuntario para matarlo en un momento en el que me encuentre sin consciencia. Es un plan desesperado, pero tiene que funcionar. Luego, una vez lo haya logrado cadáver, me iré a casa, concluiré los últimos detalles de mi modesto testamento y, por fin, descansaré en paz.

Estoy esquinado en la barra de un *pub* irlandés del centro de Madrid. El humo se acumula en estratos que se deslizan a la altura de los ojos, y no puedo parar de toser. Me duermo, toso, y la tos me despierta. Estoy agotado porque este mediodía he empleado casi dos horas en terminar de despegar la máscara de poliestireno de mi cara y de mi cabeza, por algo que debí de hacer mal cuando elaboré la mezcla. El señor Blaisten y su amante están al final de la barra, beben dos cervezas tostadas y no paran de reír. No pueden reconocerme porque ya no tengo la máscara de esta mañana, y llevo un mostacho oscuro y lacio como el de los hermanos Goncourt. En el bolsillo interior del abrigo escondo además, junto al borrador de mi testamento, otro pequeño sobre con dos miligramos de tetrodotoxina, que he obtenido de las vísceras de un pez globo, dos veces la cantidad necesaria para acabar con la vida de un hombre. Mi plan consiste en acercarme a Blaisten y a su amante con disimulo, colocar el veneno en la perpendicular de su vaso cuando no lo advierta, y dejarlo caer en su cerveza justo cuando me quede dormido, para poder alegar «estado de inconsciencia» en mi hipotética defensa. En cualquier caso, como hombre precavido vale por dos, he elegido la tetrodotoxina por ser una sustancia neurotóxica, que por su volatilidad no deja rastros que se puedan detectar en una autopsia.

He obtenido el veneno de un pez globo —o *fugu*— comprado en una pescadería japonesa de Lavapiés, a ciento cincuenta euros la pieza. La tetrodotoxina se encuentra sobre todo concentrada en el hígado y en los órganos reproductores del pez. En pequeñas cantidades, esta sustancia es apreciada por sus consumidores como parte de las sensaciones gustativas del *fugu*, una *delicatessen* culinaria que goza de muchos adeptos en el país nipón, donde cada año mueren decenas de personas intoxicadas por su incorrecta preparación en la cocina. Un solo ejemplar de pez globo, en manos de un asesino profesional como yo, contiene en sus vísceras veneno suficiente para matar a treinta personas.

Ahora estoy dos metros más cerca del señor Blaisten y su amante. Me estoy acercando por la barra como quien no quiere la cosa, empujando mi bebida a cada poco. Pero esto me toma mucho tiempo, porque constantemente me asalta un ataque de tos, y he de volver a fijarme el bigote sin que nadie se dé cuenta, y cuando me paro a hacerlo me quedo dormido. Además, en este momento tengo delante de mí a un borracho de nobles dimensiones que parece disponer de sitio propio en la barra, y no muestra inclinación a moverse. Me veo obligado a sortearle, y si pudiera sonreír haría como Blaisten, y al dibujar el amplio semicírculo de su derredor lo haría levantando el vaso en mi mano, sonriendo a diestra y siniestra, como si fuese un asiduo del *pub* y estuviese muy feliz y conociera a todo el mundo.

Estoy muy cerca. Tanto que puedo oír la animada conversación de la pareja, aunque no la entiendo. Me duermo un instante y ya sueño con la tetrodotoxina bloqueando los canales de sodio de las células del señor Blaisten, produciéndole insensibilidad nerviosa y parálisis muscular, ocasionándole la muerte por asfixia en un plazo de entre veinte minutos y ocho horas. Como quien no quiere la cosa me saco el sobre del bolsillo interior del abrigo, comienzo a juguetear con él entre los dedos, y elevo la mano por encima de la altura de los vasos. Eduardo Blaisten ríe a carcajadas. Ella pone cara de que no ha sido para tanto su ocurrencia, y pestañea coqueta, como si entre los cirros de humo del bar hubiese sido capaz de atrapar dos mariposas. Yo coloco el sobre encima de la cerveza tostada de él, y, sin llegar a abrirlo, me duermo. Cuando despierto compruebo que el propio sobre ha caído por completo dentro del vaso de Blaisten, aunque ellos todavía no se han percatado. Intento recuperarlo, y según me acerco me doy cuenta de que habría dado igual que hubiese abierto o no el sobre, porque me he equivocado y lo que ahora está en el vaso es mi testamento. Tenía la mano estirada en un amago de recuperar el papel cuando, al reparar en mi error y ver lo que mis dedos estaban a punto de coger, me ha dado un fuerte ataque de tos, y el agua con gas que estaba bebiendo me ha salido expulsada por los orificios de la nariz, dejándome el bigote postizo empapado, torcido y mustio. En cuanto consigo recuperarme, después del esfuerzo de toser de semejante manera, me duermo. Nada más despertarme, como quien no quiere la cosa, me saco el sobre del bolsillo interior del abrigo, le rompo una esquina, y jugueteando con él lo sitúo encima del vaso de Blaisten, y dejo caer en su interior mis dos miligramos de tetrodotoxina, tres mil veces más letal que el cianuro. Pero se me ha olvidado dormirme. Y Blaisten y su amante me estaban mirando cuando lo he hecho.

En un intento desesperado levanto mi vaso de agua con gas y trato de brindar con el señor Blaisten, pretendiendo hacerlo beber. Mi objetivo agarra su vaso, lo eleva, lo mira con una ceja alzada y la otra fruncida, pero no bebe, porque hay un sobre dentro. Yo sigo adelante con el brindis, y digo:

—¡Chértide chispas, en el gato negro!

Entonces las bocas de Blaisten y su amante se abren de puro asombro, y comprendo de inmediato que me han reconocido.

Soy un enfermo terminal al borde de la muerte, con los pies planos por la distensión de sus ligamentos interóseos, y uno de ellos tan grande y deformado por el Síndrome de Proteus que llega a medir el doble que el otro. Pero aun así, juego con la ventaja del desconcierto que ahora embarga a Blaisten, y cuando éste comienza a correr tras de mí, yo he atravesado ya casi todo el local, apartando a la gente con mi paraguas de punta afilada para que no me pisen ni tropiecen con mi agigantado pie derecho.

Ya fuera del *pub* irlandés, antes de doblar la esquina de la calle, echo la vista atrás y veo a Eduardo Blaisten en la puerta, mirando hacia los lados, marcando un número en su teléfono móvil y hablando con grandes aspavientos.

Estoy agotado, al límite de mis fuerzas. Juro que me iría en este mismo instante a mi casa a descansar en paz de una vez por todas, por los tiempos de los tiempos, me hayan o no pagado por adelantado.

Pero no puedo. Ahora ellos tienen mi testamento.

26

René Descartes murió un 11 de febrero de 1650. La reina Cristina de Suecia lo había hecho llamar a su corte de Estocolmo, invitándolo a ponerse a su servicio como su filósofo particular, pues tenía el propósito de quitarse de encima, metódicamente, el estigma de la barbarie. Aunque la labor en un principio se le antojó grata, una vez instalado, al señor Descartes no le sentó tan bien tener que iniciar las lecciones cada día a las cinco de la madrugada, rompiendo con su costumbre de dormir más de diez horas diarias, y de meditar y leer en la cama o junto al calor de la estufa. El frío extremo de la región ártica, que congelaba hasta el pensamiento de los hombres, bien pudo haber acabado con la vida del frágil y enclenque filósofo francés tan sólo cuatro meses después de su llegada. Allí, en tierras escandinavas, murió René Descartes, entre vómitos y bilis, a la edad de cincuenta y tres años. El médico de la corte, el doctor Van Wullen, dijo que de neumonía.

No obstante, en el año 1980, cuando nadie lo esperaba, el historiador y médico alemán Eike Pies encontró una carta secreta del doctor Joan van Wullen, que atendió personalmente al señor Descartes durante los diez días de su agonía, entre la correspondencia de uno de sus antepasados. Los síntomas que describía el doctor del siglo XVII en la carta no le parecieron, al médico del siglo XX, los propios de una inflamación pulmonar. Según relataba el texto, el primer y segundo día el filósofo sufrió un sueño profundo. Los dos días siguientes, una gran agitación y un continuo estado de vigilia, durante los que no comió, ni bebió, ni aceptó medicamentos. El quinto y sexto días tuvo fiebre y mareos, hipo y vómito negro. Después les siguieron la diarrea, las lesiones cutáneas y la enteritis; su respiración se volvió inestable, su turbia mirada terminó por extraviarse. El noveno día Van Wullen lo dio por perdido, y lo abandonó en sus aposentos, por miedo a que aquello, lo que fuera que fuese, pudiera contagiarse. El filósofo francés enfrentaría entonces su agonía con entereza y en soledad, aunque no podamos tener constancia de ello, para el décimo día conocer por fin el descarnado rostro de la muerte. Trescientos treinta años más tarde, a raíz de la carta, el doctor Pies, junto a un equipo de expertos patólogos, llega a la insólita conclusión de que René Descartes, un extraño, un extranjero, un católico entre protestantes que se había convertido en poco tiempo en el favorito de la reina, murió en realidad por envenenamiento con arsénico. Y Cristina de Suecia, acaso para seguir procurando la buena reputación de su corte de bárbaros, ordenó a su médico que ocultara la verdad.

Baruch Spinoza, el otro más grande racionalista de todos los tiempos junto con el señor Descartes, en cambio, murió en su propia cama, el 21 de febrero de 1677, a la edad de cuarenta y cuatro años. El doctor L. M. —no queda más registro de su nombre—, que había llegado ese mismo día a casa del filósofo proveniente de Amsterdam, dijo que de muerte natural.

No obstante, que un pensador de vida tan frugal como el señor Spinoza —quien salvando algún mínimo consumo de mandrágora y de opio no bebía ni ponche holandés, y quien esa misma mañana de domingo había sido visto vivo, coleando, y hasta dando muestras de buen apetito, si bien tan frágil y enclenque como dictaba su complexión— falleciera de muerte natural a los cuarenta y cuatro años de edad tras la visita inopinada de un médico, es cuando menos perturbador. A lo que hay que sumar una serie de hechos contrastados, como que esa tarde de domingo el señor Spinoza en efecto se quedó a solas con el doctor L. M. en sus aposentos, y que hasta horas después su sirviente no supo, con tremenda sorpresa, que el filósofo había muerto a eso de las tres en la única presencia del matasanos, el cual regresó de inmediato a Amsterdam, en barco nocturno, sin prestar mayor atención al fallecido, y dejando tras su paso la elocuente ausencia de un ducado de oro, una indeterminada cantidad de monedas de plata, y un mango de cuchillo de ese mismo metal.

Sirvan estos hechos como prueba de que cuando un asesino, versado en el arte de los venenos, profesional o no, que deja o no rastro de sus iniciales, hace suyo el propósito de acabar con la vida de un hombre, más tarde o más temprano acaba consiguiendolo.

27

De los doscientos casos registrados en el mundo de personas afectadas por el Síndrome de Proteus, uno es el mío. Entre esa desproporcionada minoría de infelices también me cuento yo de nuevo. Cada día veo más claro que es mejor no pararse a pensar en los oscuros designios del azar, ni tratar de descifrar en razón a qué impenetrable plan estoy siempre en el centro de todos los conjuntos de atormentados, como la imposible y nefasta intersección de todos ellos.

He entrado en una tienda de deportes de aventuras en la calle Goya. Son las 20.17, y me encuentro abatido, extenuado y dolorido por la larga jornada, al límite de mis fuerzas, sosteniendo un pañuelo sobre mi boca, sin parar de toser una bilis oscura, y angustiado por la idea de no poder volver a casa. En el borrador de mi testamento figuran mi dirección, mi nombre y mis apellidos. Así que, aunque quisiera, no podría regresar a mi apartamento en el punto X de Madrid para acabar por fin mis días, sabiendo que después de todo no lograría ni siquiera descansar en paz, y que en cualquier momento podrían hacer violenta irrupción en mi domicilio los Cuerpos y Fuerzas de Seguridad del Estado.

Como no puedo volver a mi casa, y tengo que tratar de recuperar por todos los medios el testamento esta misma noche, me he quitado el bigote postizo, y me acabo de comprar un pasamontañas oscuro, para salvaguardar mi identidad, y un carrete de hilo de pescar, para matar a Blaisten. El dependiente me ha hablado, y lo he entendido, así que pienso que el episodio de afasia ha comenzado a remitir. Ahora, el joven acaba de sacar de debajo del mostrador una caja con unas botas de montaña, y parecía que iba a recitar sus excepcionales cualidades y características; pero en cambio, ha mirado mi pie derecho, ha dudado, ha escondido la caja, y ha continuado la conversación por donde la dejó.

El Síndrome de Proteus es una enfermedad progresiva que aparece de forma gradual en niños que habían nacido sin ninguna deformidad evidente, y que tiene origen en una recombinación celular en el embrión, que termina generando tres tipos de células: las normales, las células de crecimiento mínimo y las células de crecimiento excesivo. Probablemente, este accidente sobrevino en mi organismo cuando mi cuerpo absorbió el de mi hermano, o quizá como un castigo por ello.

Lo cierto es que el Síndrome de Proteus provoca un crecimiento anormal de la piel, de los huesos, de los músculos, del tejido adiposo, y de los vasos sanguíneos y linfáticos; y conforme los afectados por el trastorno crecemos, aparecen los tumores y van haciéndose patentes las malformaciones, que son más habituales en el cráneo, en una o más extremidades, y en las plantas de los pies. Con toda seguridad, el caso más conocido de afectado por el Síndrome de Proteus es el del malogrado Joseph Merrick, El Hombre Elefante, cuya gran cabeza estaba minada de bultos y protuberancias, y sus anomalías cutáneas y subcutáneas le hacían exhibir una tonalidad gris en toda la superficie de la piel.

Así que, al menos por una vez, yo no he estado entre los peor parados del conjunto de los más desdichados, y frente a la extrema fatalidad que mortificó el cuerpo y el rostro del señor Merrick, calculo que sólo la mitad de mis tumores encuentran su causa en este síndrome, y tan sólo mi pie derecho, el pie derecho que tanto llama la atención del dependiente de esta tienda de deportes de aventura, sufre los efectos del gigantismo. No obstante, no soy amigo de hablar a la ligera ni de cantar victoria antes de tiempo, pues esta afección encierra el riesgo de muerte prematura por trombosis o por tromboembolismo pulmonar, debido a las deformaciones en los vasos sanguíneos y linfáticos, y el propio peso de los huesos y del tejido extra entraña en sí mismo un peligro mortal. De hecho, dicen que así murió Joseph Merrick, por culpa del peso de su enorme y pesada cabeza, que acabó venciendo la resistencia de su cuello, y haciéndolo ceder hacia atrás hasta quebrárselo como una frágil rama seca.

28

Si yo hubiera tenido un hermano, además del que llevo conmigo en mi cuello, ese hombre sería Joseph Carey Merrick, El Hombre Elefante, que tuvo la dudosa suerte de conocer la fama en vida a causa de las atroces malformaciones que padeció desde los dieciocho meses.

El señor Merrick perdió a su madre de una bronconeumonía cuando tenía once años. Sus hermanos, William y Marion Eliza, murieron de escarlatina apenas aprendieron a gatear. Su padre, que nunca lo quiso como a un hijo, se limitó a conseguirle una licencia de vendedor ambulante, y a obligarlo a recorrer las calles de Leicester investido con la carga de su sobrecogedor aspecto, vendiendo los artículos de la mercería familiar. Poco después, el padre del señor Merrick se volvió a casar en segundas nupcias con una viuda con dos hijos, que nunca terminaron de aceptarlo ni a él ni a su enfermedad. Además de vejarlo, humillarlo, obligarlo a trabajar para contribuir al sustento de la familia, tachándolo de holgazán que se amparaba en sus anomalías para no hacer nada, le retiraban el plato de comida apenas había empezado a probarlo como castigo por lo poco que aportaba al hogar. Por entonces, el señor Merrick ya sufría una gravísima deformación en la cadera, y una pronunciada escoliosis, que le dificultaban mantenerse en pie, su mandíbula se encontraba ya desfigurada y un gran tumor le estaba creciendo justo encima de la boca, haciendo que su habla fuese casi ininteligible. En sus peregrinaciones por las calles de Leicester, niños y adultos se amontonaban a su alrededor para increparlo o insultarlo, y así fue durante años, hasta que en 1879 el gremio de vendedores ambulantes denunció al señor Merrick por la mala imagen que con su labor daba al sector de comerciantes, e impidieron que se le renovara la licencia.

Joseph Merrick tenía una enorme y deformada cabeza de 91,44 centímetros de circunferencia, con una gran protuberancia carnosa en la parte posterior del tamaño de una taza, y toda una cordillera de prominencias, protrusiones dérmicas y lunares en el lado contrario. Su brazo derecho y ambas piernas estaban torcidos, padeciendo alargamiento e hipertrofia en los dedos de la mano derecha, que tenía casi el tamaño y la forma de la pata delantera de un elefante, con una circunferencia de 30 centímetros en la muñeca y 12 centímetros en uno de los dedos. El otro brazo y su mano, en cambio, no eran más grandes que los de una niña de diez años, aunque bien proporcionados. Mostraba innumerables nódulos y papilomas verrugosos, a modo de coliflor, diseminados por toda la piel, bajo el cuero cabelludo, en la parte derecha de la cara, la espalda, el trasero y las extremidades. De su maxilar superior sobresalía una masa de hueso, creando la singular apariencia de una trompa. Después de que el gremio de vendedores ambulantes lo hubiera denunciado por su fealdad, el señor Merrick decidió someterse a la dolorosa operación de la excrecencia en forma de trompa de elefante que le nacía en mitad de la cara, y que, junto a su abultada frente y su color gris plomizo, dio origen a su sobrenombre más conocido. Sin embargo, a pesar de que en la intervención quirúrgica le consiguieron extirpar nada menos que medio kilo de tejido sobrante, permitiéndole poder volver a comer y hablar con cierta normalidad, la única opción que desde entonces le quedó al señor Merrick para ganarse la vida fue la de exhibirse como atracción en las distintas caravanas de feriantes del país, y así comenzar su triste andadura por las tierras y ciudades de Inglaterra.

Bajo su tremebundo aspecto, tras los barrotes de fenómeno circense, expuesto en las tarimas o en las barracas destartaladas y mugrientas de la farándula, el señor Merrick siempre fue un caballero de una educación que nadie habría esperado en ningún hombre de clase baja de aquella época; disfrutaba de una extraordinaria imaginación, de una exquisita sensibilidad, de un extenso vocabulario, se expresaba de forma cultivada, e incluso sabía leer y escribir con estilo y corrección. Un espíritu sensible y atormentado, encerrado en un cuerpo de pesadilla. Un espíritu que, aun exhibiendo una cicatriz donde una vez hubo una trompa, nunca perdió la inocencia sobre el origen de su deformidad y siempre creyó que todo comenzó el día en que su madre estuvo a punto de ser aplastada por un elefante, el día en que fue empujada bajo aquellas patas por la fuerza irresistible de la multitud que asistía al desfile de animales por las calles principales de Leicester. El espanto de la mujer al verse bajo las apisonadoras extremidades del paquidermo, cuando él aún descansaba dentro del útero materno, explicaba según Joseph Merrick la etiología de su síndrome congénito.

29

En la mitología griega, Proteus, El Polimorfo, era un visionario dios de los mares, un anciano profeta capaz de ver a través de toda la profundidad de los océanos, pastor de las manadas de focas de Poseidón, que habitaba en la arenosa isla de Faro, en las inmediaciones del último tramo del río Nilo.

Proteus había nacido con el poder congénito de predecir el futuro. Si bien como buen anciano tenía un carácter malhumorado y enojadizo, y era capaz de adoptar cualquier forma distinta a la suya para evitar tener que hacer la más mínima predicción. Cada mediodía el señor Proteo salía del agua y se dormía a la sombra de las rocas de la costa, rodeado de los monstruos de las profundidades, y todo aquel que quisiera forzarle a pronosticar el futuro tenía que atraparle en ese momento de asueto, o de lo contrario perseguirlo a través de toda la secuencia de sus transformaciones.

En una ocasión Menelao, que en su viaje de vuelta de la guerra de Troya quedó varado en la isla de Faro, intimó con la hija del huraño señor Proteo, y fue por ella que supo de los poderes de oráculo de su padre. La joven le contó que recientemente había acudido a la isla un apicultor que había perdido todas sus abejas, y había estado persiguiendo a su padre sin tregua, noche y día, sin importarle cuántas veces se transformase, hasta que logró atraparlo y sujetarlo con sus propios brazos. Parece ser que el señor Proteo hubo de terminar por rendirse, y entonces le aconsejó a su captor que sacrificase doce animales a los dioses, que dejase los cuerpos en el lugar del sacrificio, y que volviese tres días más tarde. Cuando el apicultor regresó al lugar del sacrificio, en una de las reses muertas encontró un enjambre de abejas, que llevó de vuelta a su colmenar sin que nunca volviera a enfermarse.

Tan pronto conoció aquella historia, el señor Menelao fraguó un plan: obligaría al señor Proteo a que le revelase el nombre del dios al que debía de haber ofendido sin darse cuenta, y a que le mostrara la forma de hacer las paces con él, y así podría regresar a su casa. Esperó a que el anciano saliera del mar a eso del mediodía, con la intención de dormir su siesta entre su colonia de focas y bestias marinas, para asaltarlo. Pero el señor Proteo, que a sus años ya no dormía tan bien, lo vio venir con el rabillo del ojo, y se transformó en un musculoso león. El señor Menelao, sabiendo que la fiera no lo mataría, persiguió al felino a través de la floresta de lianas que acordonaba la playa, y pudo ver cómo se transformaba de nuevo, ahora en una serpiente. La serpiente se arrastró bajo la maleza de zarzales, hojarasca y raíces, y aún se transfiguró en leopardo, en oruga, en cerdo, e incluso en agua y en árbol. El señor Menelao no se despistó ni por un momento y lo siguió por toda la cadena de sus mutaciones, distinguiendo qué porción de agua de la charca era el anciano, o qué árbol entre todos los árboles. Al fin, Proteus, El Polimorfo, agotado por el esfuerzo, quedó atrapado en el proceso de su propia metamorfosis, en un momento en el que ostentaba la frente de un paquidermo, la espalda arqueada de un reptil, el brazo derecho de un pulpo, mientras que su pierna izquierda no era sino la pata de una langosta africana. El señor Menelao retuvo entre sus manos a aquel hombre elefante, producto de tantas transformaciones, y exigió que le satisficiera sus preguntas. Y Proteus, el veraz anciano de los mares, le respondió entonces con veracidad a todas sus demandas, sumándole además las noticias de que su hermano Agamenón había sido asesinado en su viaje de regreso a casa, el señor Áyax el Menor había naufragado y muerto, y el señor Ulises estaba encallado en la isla de Calipso.

30

23.46 DE LA NOCHE. INTENTO DE HOMICIDIO SIN ACCIÓN VOLUNTARIA DE DELITO POR ACTO REFLEJO.

Estoy oculto detrás de la puerta del despacho de la casa de Eduardo Blaisten, que en estos momentos está empujándola hacia mí, comprimiendo con fuerza mi dolorido e hinchado pie derecho contra la pared. Blaisten habla en voz alta con su amante, que se encuentra en otra habitación de la casa, mientras empuña el pomo y presiona la dichosa puerta en mi dirección. Yo no puedo siquiera aliviar mi dolor con un grito, ni tampoco moverme, para evitar que advierta mi presencia furtiva.

El señor Blaisten y su amante acaban de llegar del Teatro Alcázar, donde la Casa Sefarad-Israel inauguraba su programación de la nueva temporada. Yo he entrado en la vivienda subiendo primero hasta la azotea comunitaria del edificio, que descansa sobre el techo de los dos únicos pisos de la quinta planta, que pertenecen respectivamente a Blaisten y a su hermana. Me he deslizado luego hasta una terraza interior de la casa de mi objetivo, introduciendo la mano por una ventana mal cerrada y abriendo la puerta desde dentro. En el último salto desde el pretil de la terraza hasta el suelo, me he dislocado mi agigantado pie derecho. Después, al intentar cerrar la puerta y dejarla como estaba, con las prisas, me lo he pillado entre la hoja y el marco, y aunque creo que así las articulaciones han vuelto a su sitio, he sentido una punzada terrible recorrerlo de un extremo a otro, hasta dejarlo abombado y mórbido como una enorme berenjena. Por eso, ahora que el señor Blaisten me lo está machacando como a un fruto maduro contra la pared, siento que el dolor no puede ser mayor, y estoy a punto de quitarme el pasamontañas, y de gritarle con todas las fuerzas que sean capaces de reunir mis debilitados pulmones que estoy aquí, que sí, que había venido a matarle, pero que me rindo, que me rindo de una vez por todas, que tiro la toalla, que no puedo más, que aquí tiene el hilo de pescar, que haga con él lo que quiera, que yo me voy a morirme a mi pequeño apartamento de veintinueve metros cuadrados hábiles en el punto X de Madrid.

Pero consigo contenerme, porque pienso en intervalos cortos, y cuando el señor Blaisten le pregunta a su amante si cree que sus gafas de leer estaban en el escritorio, yo pienso que sólo serán cinco segundos más, los que ella emplee en responder. Y cuando el señor Blaisten le pregunta si quizá se las habría dejado en el cuarto de baño, yo pienso que sólo serán cinco segundos más, los que ella emplee en responder. Y cuando el señor Blaisten le pregunta, aún aferrando el pomo y apretando la puerta contra mi pie, si le ha gustado la actuación de esta noche, yo pienso que sólo serán cinco, o diez, o quince segundos más, los que ella emplee en responder. Al fin, cuando el señor Blaisten suelta la puerta, se dirige a su lujoso escritorio, y por el estrecho hueco lo veo de perfil con un batín morado de terciopelo rebuscar entre los papeles, noto unas lágrimas calientes resbalar por la superficie de mis mejillas, aunque el gesto de mi rostro siga, como siempre, del todo inconmovible.

El señor Blaisten sale del despacho, cierra la puerta, y me deja definitivamente solo en medio de la habitación. Como soy un profesional, me he percatado de que sobre el sillón del escritorio descansa el plano y rígido maletín revestido en piel de mi objetivo. Mientras hago tiempo para que él y su amante se queden dormidos, me acerco hasta el maletín, y sin quitarme los guantes lo coloco encima del tablero de la mesa. El despacho huele a limpio, y a maderas nobles. Las cortinas son de organza de seda color gris púrpura, y cada uno de los cuadros que adornan las paredes tiene un fino marco gris metalizado. Los libros se ordenan en una estantería de pladur de diseño escandinavo integrada en la pared de mi izquierda, que crece conforme a un pilar de madera oscura sin pulir. En el escritorio hay una colección de plumas Montblanc, Cartier, Waterman y Montegrappa meticulosamente alineadas junto al papel de escribir, y cuyo orden he procurado no alterar al apoyar el maletín en el escaso espacio libre. Cuando lo examino, compruebo que tiene un cierre de seguridad como el de las cajas fuertes. Pero no necesito averiguar la combinación, porque el señor Blaisten es un principiante, y se lo ha dejado abierto. Separo sus dos caras y estudio los papeles de sus compartimentos, casi todos en hebreo. Como no domino la lengua, saco una pequeña cámara digital del bolsillo de mi abrigo, y tomo fotografías de cada documento. Rebuscando en el interior de los compartimentos, ha aparecido una bolsa de plástico transparente con el sobre de mi testamento dentro. Deduzco que el señor Blaisten pensaba llevarlo a la policía para que buscaran huellas, porque lo introdujo en la bolsa sin llegar a abrirlo. Por lo tanto, ellos aún no saben ni mi dirección, ni mi nombre, ni mis apellidos.

Mientras terminaba de registrar el maletín y de tomar las fotos, Eduardo Blaisten y su amante han comenzado a emitir gemidos. Esto, en principio, retrasará mi trabajo, porque los mantendrá más tiempo despiertos. No obstante, aprovecho el ruido para avanzar por la casa. Los sollozos siguen pautas, y si se tiene la paciencia suficiente se puede llegar a predecir cuándo se producirá el siguiente. Aprovecho primero uno de ella para abrir la puerta del despacho. Luego, en el pasillo principal doy cada paso con cautela: el señor Blaisten, como propietario del piso, tiene la ventaja de conocer los sonidos mejor que yo, y además con cualquier movimiento en falso podría oírse un crujido de mis huesos. Mi avance es lento, porque tengo que apoyar mi maltrecho pie gigante con cuidado, y porque a veces, sin previo aviso, cesan los gemidos. Como ahora, que he tenido que detenerme en la rocambolesca mitad de un paso.

En mi paciente acercamiento voy estudiando la casa de Blaisten. El pasillo es ancho y de techos altos, con un suelo de tarima maciza de nogal salpicado por estrechas alfombras orientales. En las habitaciones, el suelo es quince centímetros más alto que en el pasillo, formando un pequeño escalón en el umbral de cada pieza; salvo en el caso del salón, donde el suelo es treinta centímetros más profundo que en el pasillo, y para entrar hay que bajar dos escalones. Voy dejando atrás la cocina, frente al despacho, y un primer cuarto de baño y una habitación de invitados, en este mismo lado derecho del corredor. En todos estos lugares voy colocando micrófonos de escucha, bajo las mesas o bajo las pantallas de las lámparas. Lo único que se encuentra en el lado izquierdo del pasillo, lindando con la cocina, es el salón, con unas dimensiones bastante superiores a las de todo mi apartamento. Cuando entro a colocar el micrófono, observo que la mitad de la estancia hace las veces de salón comedor, y que tres alargados escalones unen esta parte de la casa con la cocina; un mueble de estantes cuadrados divide el recinto en dos ambientes; al otro lado del mueble, se resguardan un enorme sofá en forma de ele color marfil y una televisión de plasma de sesenta y cinco pulgadas colgada en la pared. Después del salón, en el lado derecho del corredor, todavía restan un cuarto trastero y un segundo cuarto de baño, y en el izquierdo, tras un pequeño recodo del pasillo, se esconde el dormitorio principal. Me paro al otro lado de esta última puerta y espero, hasta que a las 0.43 remiten definitivamente los largos quejidos de ella y los bufidos de él.

Por fin me decido y abro la puerta del dormitorio. Ahora me veo obligado a avanzar con aún mayor lentitud que antes. La habitación está en completa oscuridad, y oigo dos respiraciones acompasadas. Tengo el abrigo, la bufanda y los guantes puestos, y siento un calor bochornoso, y olor a sexo. No se me ocurre nada más peligroso para la salud que ese intercambio de fluidos, de saliva, de sudor, de secreciones vaginales, de semen y de sangre que supone el contacto íntimo entre dos personas, y que puede llegar a causar hasta treinta tipos de infecciones, que implican bacterias, virus, hongos, e incluso parásitos como el ácaro de la sarna o las ladillas. He sacado el carrete de hilo de pescar del bolsillo del abrigo, para no pensar en el Síndrome de Inmunodeficiencia Adquirida, y poco a poco voy soltando una parte del hilo y enrollándola en la mano contraria. Camino muy, muy despacio. Si mi cálculo mental no me falla, los relojes deben de marcar la 1.20 de la madrugada cuando llego a la altura de la cama. Cojo aire, me tomo mi tiempo, y distingo una respiración más fuerte que la otra a este lado del lecho, e imagino que se trata de Blaisten. En este instante podría acabar por fin con su vida. Eliminarlo definitivamente. Si no fuera porque desde la 1.06 estoy sufriendo un Espasmo Profesional, que en mi caso consiste en la contracción de los músculos del dedo índice como si apretara un gatillo.

Comprendo que en semejante situación me será muy difícil estrangular al señor Blaisten con la destreza suficiente como para no despertar a su amante. Y a la vez me doy cuenta de que si llevara encima una pistola podría asesinarlo y, en caso de ser arrestado, alegar homicidio sin acción voluntaria de delito por la intervención de un acto reflejo. Es un plan improvisado, desde luego, pero después de todo había venido hasta aquí sin ninguna estrategia, impelido por la imperiosa necesidad de recuperar mi testamento, y un mal alegato es mejor que nada en absoluto. Lo que ocurre es que no llevo encima ninguna pistola, así que comienzo a registrar los cajones de la mesita de noche de Blaisten por si guardara allí una. En el tercer cajón, junto a dos cajas de preservativos, está la pistola. Es un arma ligera, con una culata suave, probablemente de diseño. La acerco a la cabeza de Eduardo Blaisten, sin colocar todavía el dedo índice sobre al gatillo, porque no cesa de disparar en el aire con sus continuos espasmos musculares. Sitúo la boca del cañón donde adivino la sien derecha de mi objetivo, pongo mi dedo índice sobre el gatillo. Sufro un espasmo muscular y disparo.

Pero no ha habido percusión, ni detonación, ni bala, porque el gatillo es de goma. Me llevo la pistola a la nariz, la huelo, y descubro que tiene aroma a látex. Palpo la boca del cañón de la pistola con la otra mano, protegida por el guante ante cualquier reacción alérgica, y compruebo que tiene forma de glande. Me llevo el arma otra vez a la nariz instintivamente, la rozo sin querer, y noto cierta humedad pegajosa en el extremo. Y arrojo con fuerza el instrumento tan lejos de mí como puedo. El blando sonido de la falsa pistola al caer ha despertado a Blaisten.

Ahora, el señor Blaisten está sentado en el borde de la cama, se ha incorporado, ha preguntando quién anda ahí, y se ha quedado quieto, casi alineado conmigo, con su pie izquierdo justo pisando mi enfermo e hinchado pie derecho. Yo permanezco si cabe todavía más inmóvil que él, sin ni siquiera respirar, viendo como unas pequeñas estrellitas restallan en la negrura de la habitación.

—¿Hay alguien ahí? —vuelve a preguntar Blaisten.

—¿Qué pasa, cariño? —se remueve ella en la cama.

—He oído algo en la habitación. Ahí. —Imagino que Blaisten señala en la oscuridad, pero ninguno de los dos podemos ver hacia dónde.

—Pues enciende la luz.

—No quería despertarte.

—Ya me has despertado. ¿Crees que voy a poder dormirme así? Anda, enciéndela y comprueba que todo está bien.

El señor Blaisten se mueve en la penumbra. Puedo notar, por su respiración sobre mi pasamontañas, que inclina la cabeza. Comprendo que en cuanto encienda la luz perderé mi invisibilidad. Y la enciende.

—Perdonen ustedes —digo.

El señor Blaisten articula un aullido grave. Su amante articula un aullido agudo. Como ya no veo la necesidad de seguir soportando el dolor por más tiempo, me animo a pedir:

—Discúlpeme, de verdad, pero ¿le importaría levantar su pie izquierdo?

El señor Blaisten, perplejo, mira hacia abajo y cuando ve que me está pisando mi enorme pie derecho da un salto de horror hacia el centro de la cama, encogiendo sus dos piernas y estrechándolas entre los brazos. Ella vuelve a articular un aullido agudo, tapándose por alguna razón la boca con ambas manos. Bajo sus brazos desnudos advierto que se alzan dos pechos desnudos, así que me cubro los ojos con una mano y miro hacia otro lado.

—Perdón, perdón, perdón —no dejo de repetir, ardiendo de rubor bajo el pasamontañas.

Aun sin mirar, me doy cuenta de que ninguno de los dos se mueve de la cama, ni siquiera intercambian palabra alguna. Por lo que deduzco que creen que voy armado y que voy a retenerlos allí. Aprovecho esta situación de ventaja para, con la cara girada y los ojos aún tapados, evitando mirarla a ella, salir de la habitación a trompicones.

Después, en el pasillo, acelero todo lo que puedo el paso. Llego hasta la puerta principal de la casa, consigo abrirla con manos temblorosas, y cuando la cierro de un portazo desde fuera puedo intuir que ninguno de los dos se ha movido de la cama.

31

Joseph Carey Merrick, El Hombre Elefante, mi hermano de penalidades e infortunio, escribió un poema en colaboración con el poeta y pastor protestante Isaac Watts. Todavía hoy, los baptistas suelen cantarlo como parte de sus himnos religiosos.

Los versos que pertenecen al señor Merrick dicen así:

Es cierto que mi forma es algo extraña,
Pero culparme por ello es culpar a Dios;
Si yo pudiera crearme a mí mismo de nuevo
Me haría de modo que te gustase a ti.

32

En momentos como éste, en los que mi sensible corazón se convierte en un músculo capaz de absorber oleadas incomprensibles de dolor, hay muy pocas cosas que me hagan sentir a salvo de los embates de la soledad. Que el señor Byron naciera, un invernal 22 de enero de 1788, precisamente en una ciudad arropada por el último tramo del río Támesis, como la mía lo estaba por el último tramo del río Paraná, me hace sentir menos solo. Que, como tantos otros espíritus sensibles, como tantas otras almas emparentadas más allá del tiempo y de la sangre por un mismo destino, el señor Byron perdiera a su padre a los tres años de edad, y de él no obtuviera más herencia que las deudas, así como de su madre no heredó otra cosa que un temperamento apasionado y atroz, me hace sentir menos huérfano. Pero hay existencias que corren aún más paralelas de lo que uno pueda imaginarse, y el poeta romántico nació además con una evidente malformación en el pie derecho, que mostraba muy ancho y muy corto, con la parte delantera curvada hacia dentro y el tendón de Aquiles siempre tensado.

El pie zambo de Lord Byron tenía su origen en un defecto

congénito bastante común, conocido como Talipes Equinovarus, que afecta a uno de cada mil recién nacidos. Si bien el hecho de que se tratase de un mal mucho más frecuente que el que ocasionó mi propio pie agigantado, no evitó que su padre, antes de morir, al ver un niño tan cojo y renqueante, se encargara de hacer pública su convicción de que nunca llegaría a andar.

Pese a la falta de fe de su difunto padre en sus posibilidades, y pese al aparatoso zapato ortopédico que tuvo que calzar durante toda su infancia, el pequeño señor Byron aprendió a correr antes que a caminar, y no desaprovechaba una oportunidad para jactarse ante los demás de poder avanzar más rápido que ellos. Con los años, el joven señor Byron consiguió integrar su anomalía al caminar en el conjunto de sus maneras y modales, invistiéndose de un paso excéntrico y complejo que, junto a su frente relumbrante y su musculado mentón, le conferían un aire distinguido. No todo fue, sin embargo, éxito ante las adversidades, pues la enfermedad lo persiguió a lo largo de toda su vida y siempre se quejó de frío y de dolor en los huesos.

El 17 de junio de 1816, el señor Byron se encontraba en Villa Diodati, una lujosa mansión de su propiedad a orillas del imponente lago Leman, no lejos de Ginebra. En la casa solariega pernoctaban también el joven doctor Polidori, por quien se hacía acompañar de un tiempo a esta parte, sobre todo desde que sus dolencias y episodios depresivos parecieron haber aumentado, y algunos otros invitados, entre los que se contaban el poeta Percy Shelley, su mujer Mary Wollstonecraft Shelley, y la hermanastra de ésta, Jane Clairmond, con la que Byron se acostaba. Aquella noche oscura y ociosa, los visitantes se vieron obligados a permanecer en la mansión debido al temporal de tormentas que fuera pugnaba por quebrar en dos el cielo. Lord Byron, que se hallaba inmerso en la lectura de unos cuentos de fantasmas germánicos, les propuso a todos un juego: cada uno de ellos habría de escribir una historia de terror que estuviese a la altura de aquella tétrica noche.

Todos los invitados aceptaron el reto, y algunos de ellos comenzaron allí mismo a referir historias de miedo escuchadas a otros, al calor de la lumbre de la gran chimenea de piedra que deformaba los semblantes. El señor Byron y el señor Shelley buscaron sendos rincones y se entregaron a la inmediata redacción de sus obras, quién sabe si tomándoselo como un duelo personal entre ambos.

Aquella noche en la que los relámpagos iluminaban el mayor lago de Europa occidental como a una interminable superficie lunar, sólo dos comensales subieron a sus aposentos sin haber contado ni leído historia alguna: el doctor Polidori y la señora Shelley, antes mejor conocida por el nombre de Mary Wollstonecraft. El primero, acaso amedrentado por las constantes burlas públicas a las que le sometía el señor Byron, que odiaba a los médicos, y que había descubierto un buen remedio contra sus dolencias en hacerse acompañar por un representante de su gremio y resarcirse con él cuando le viniera en gana. La segunda rumiando todavía una posible historia, sin acabar de dar aún con ninguna idea o imagen que le sirviera como germen.

Horas más tarde, fuera, la tempestad seguía espoleando los bosques y el agua gris del lago, y bajo el cobijo de la casa solariega todos los huéspedes dormían en sus lechos. Todos menos el señor Byron, que deambulaba inquieto por los anchurosos pasillos de la mansión, arrastrando su pie derecho sobre el suelo de mármol blanco, y ocasionalmente iluminado por los relámpagos que atravesaban las ventanas. No hacía mucho que había dejado embarazada a Jane Clairmond, la hermanastra de la señora Shelley, a pesar de sus escasos quince años, y ahora no encontraba la forma de apaciguar su desasosiego. Avanzando muy, muy despacio, haciendo coincidir sus movimientos con el furor de los truenos para no despertar a nadie, fue recorriendo las distintas plantas y galerías de la villa, hasta acabar deteniéndose al otro lado de la puerta de los Shelley. Mary era la única otra mujer que dormía bajo aquel techo.

El cielo clamó de nuevo, y el señor Byron entró en la alcoba. Se tomó su tiempo para recorrer los metros que le separaban del camastro. En el borde del lecho se arrodilló ante el primer cuerpo que sintió respirar en la negrura. Entonces, el estallido de un rayo rasgando la bóveda del bosque despertó a la señora Shelley, que pudo ver al señor Byron inclinado sobre su marido como un depredador sobre su presa. El resplandor cesó, y en la oscuridad se oyó a alguien articular un aullido agudo, y el crujido de una puerta al cerrarse.

A la mañana siguiente, reunidos todos alrededor de la mesa del desayuno, la señora Shelley dijo:

—Anoche tuve un sueño…

Algunos comensales la miraron con curiosidad. El señor Byron hizo una broma sobre la última obra de teatro que trató de escribir el doctor Polidori, y todos se rieron. Luego, el señor Shelley preguntó:

—¿Qué tipo de sueño, querida?

—En el sueño vi a un joven aspirante a médico, un pálido estudiante de artes impías, de rodillas junto al ser que acababa de ensamblar…

—¿Y qué más? —Ahora toda la mesa se mostraba interesada.

—Primero, el hombre que estaba tendido era un cadáver, y después, por obra de algún ingenio poderoso y de la energía descargada por los rayos de una tormenta, comenzó a manifestar signos de vida y a agitarse con un movimiento torpe y de falsa vitalidad.

Durante el resto de la mañana, la señora Shelley no dijo mucho más, anduvo vagando por el bosque, y prácticamente no fue vista por nadie.

Del pasatiempo literario de aquella noche del 17 de junio de 1816 resultaron cuatro obras. Lord Byron escribió el relato *El entierro,* inconcluso. Percy Shelley escribió el relato *Los asesinos,* inconcluso. El doctor Polidori escribió el relato *El vampiro,* que tomaba como fuente de inspiración muchos de los rasgos reconocibles de la personalidad del señor Byron, y que luego acabaría influyendo en las obras vampíricas del señor Poe, del señor Dumas, y en el célebre *Drácula* del señor Stoker. Y Mary Wollstonecraft Shelley escribió el relato *El sueño,* tomando como punto de partida su fantasmal visión de aquella madrugada tormentosa, una historia que un año más tarde cobraría la forma de la novela *Frankenstein o el moderno Prometeo,* sin duda alguna la obra que superó en fama a todas las demás concebidas aquella misma noche en Villa Diodati y en el resto del continente europeo.

33

Estudios epidemiológicos recientes apuntan a que el Síndrome del Espasmo Profesional no es tan raro como se pensaba, y que lo sufren tres de cada diez mil ciudadanos. Aun así, incluso después de este nuevo recuento, se trata todavía de una enfermedad estadísticamente mucho más anómala que la prosaica deformación que sufría el poeta Lord Byron; sin contar con que a mí también me atormentan otras docenas de males igualmente improbables, y los inconvenientes de mi propio pie agigantado. Con estos datos, lejos de querer establecer ninguna comparación injusta, tan sólo pretendo dejar claro, más allá de toda duda, que —al menos estadísticamente— la fatalidad se ha cebado en mí desde siempre con una crueldad inusitada.

El Síndrome del Espasmo Profesional es una enfermedad neurológica caracterizada por las contracciones musculares involuntarias y repetitivas, en forma de tics, con paroxismos que pueden durar desde unos minutos hasta unas horas. Su causa sigue siendo hoy día desconocida, pero se sabe que puede desarrollarse después de un traumatismo con lesiones en el sistema nervioso central, en los ganglios basales del cerebro, que son las estructuras anatómicas más íntimamente relacionadas con los mecanismos de control del movimiento.

En la literatura médica del siglo XVIII aparecen ya referencias a la primera distonía alguna vez descrita, el Grafoespasmo o Calambre del Escribiente, que como la mía y como el resto de las distonías ocupacionales está focalizada en un solo grupo muscular. Con los años, los médicos especialistas han clasificado otras muchas variantes, como el Calambre del Tenista, el Calambre del Golfista, el Calambre del Flautista, el Calambre del Pianista, el Calambre del Herrero, el Calambre del Aserrador, el Calambre del Ordeñador, el Calambre de la Costurera, o el Calambre del Barbero. Por otro lado, no deja de llamar la atención que los investigadores hayan mostrado tanto interés por estudiar el Calambre del Barbero, y nadie, nunca, haya empleado su tiempo en diagnosticar, clasificar y tratar el Calambre del Asesino Profesional, siendo éste un sector tanto o más peligroso que el primero.

Las consecuencias prácticas más perjudiciales de este síndrome tienen que ver con sus interferencias en la actividad laboral de los enfermos. Aunque sólo un veinte por ciento, por ejemplo, de los aquejados por el Calambre del Escribiente se ven obligados a dejar de escribir por completo. Y ésta suele ser también la tendencia en el resto de los oficios afectados. Una vez más, no existen porcentajes acerca de cuántos asesinos profesionales tienen que dejar de matar a causa del Síndrome del Espasmo Profesional. Confío en que la mala suerte no me castigue también en este caso. No siempre ha sido así, en honor a la verdad. A veces, muy pocas veces, me depara gratas sorpresas y no todo es tan terrible como en un principio pudiera antojarse. El aparentemente más afortunado señor Byron, sin ir más lejos, terminó muriéndose después de todo a la temprana edad de treinta y seis años, como su padre, como su abuelo, como su bisabuelo y como los cinco lores Byron que lo antecedieron, cumpliéndose así la maldición que se decía caía sobre ellos. El aforismo clásico sentencia que los amados por los dioses mueren jóvenes. Debe de ser por eso que yo en su día, cuando alcancé la edad señalada, no hube de preocuparme por, al menos, aquella maldición.

34

He llegado a mi apartamento después de la jornada de trabajo más larga que alcanzo a recordar. Mi debilitada memoria no acierta siquiera a componer todos los hechos que han ordenado mi día. Supongo que si me llegase a despertar mañana, sería capaz de lograrlo, pero ahora no alcanzo a saber cuántas veces he tratado hoy de matar a Blaisten. Aunque en realidad, y para mi asombro, hoy ya es mañana, y los latidos de mi corazón se aventuran en la alta madrugada de un sábado que de ninguna manera imaginaba llegaría a conocer. Nada más regresar a mi casa, he sacado del sobre mi testamento y lo he colocado en la bandeja de mi cama articulada, junto con papel y bolígrafo. Al otro lado del que espero sea mi lecho de muerte, sobre una estrecha mesilla, he dispuesto el receptor del sistema de escucha que he instalado en la casa de Blaisten. Luego, sin guantes, sin la bufanda, pero aún vestido y con el abrigo puesto, me he metido en la cama, me he conectado a los aparatos de respiración asistida, y he activado el receptor.

Mi pulso es de ochenta y cuatro pulsaciones por minuto. Mi tensión arterial de ciento veinticuatro milímetros de mercurio la máxima, y sesenta y ocho milímetros de mercurio la mínima.

Mi temperatura de treinta y seis grados centígrados y ocho décimas. Respiro dieciséis veces por minuto. En mi dormitorio la temperatura ambiental es de veintiséis grados, y la humedad relativa de un cuarenta y ocho por ciento. Los micrófonos transmisores que he instalado en la casa del señor Blaisten funcionan por frecuencia de radio, pero luego se comunican con un micrófono de tecnología móvil para la recepción remota, que he ocultado en una maceta de la entreplanta. En este momento, mi receptor remoto reproduce en mi habitación las voces de Eduardo Blaisten y de su amante...

—Pues no, Eduardo. La verdad es que no me imagino volviendo a dormir en esta cama. Ahora mismo me parece algo imposible.

—¿Y qué quieres? ¿Vendemos la casa esta noche? Creo que no hay inmobiliarias de guardia...

—En este momento me parece imposible que esto se me pueda llegar a olvidar alguna vez.

—Tendremos que hacer un esfuerzo entonces. Mañana será otro día, ya lo verás.

—¿Tu hermana ha oído algo?

—No, dice que estaba profundamente dormida cuando la desperté.

—Qué suerte. Ella siempre a lo suyo. Se habría tomado sus pastillas. Cuando invitamos a alguien a cenar bien que le molesta el más mínimo ruido.

—Vamos, cariño, deja a mi hermana en paz.

—Seguro que esas noches no se toma las pastillas para poder pegar el oído a las paredes y no perderse detalle de la conversación. Y para poder quejarse al día siguiente, claro.

—Está bien, tranquilicémonos. Acabamos de vivir una situación muy violenta, pero esto no puede alterar nuestras vidas.

—Pues lo ha hecho. Al menos yo no volveré a sentirme segura nunca.

—No digas tonterías. Si lo piensas desde el momento del shock todo parece peor de lo que es. No pienses más. Trata de dormir un poco.

—¿Que trate de dormir? No sé cómo puedes estar tan tranquilo. Había un extraño, Eduardo, aquí mismo, a medio metro de ti, hace tan sólo un rato. Un extraño con un pasamontañas en la cabeza.

—Créeme, lo he visto.

—Pues no lo parece.

—¿Y qué gano haciendo que lo parezca? ¿Por qué no probamos a calmarnos, Melaina?

—Cálmate tú.

—¿Y tú no?

—Era el mismo tío que en el pub*, Eduardo. El mismo que en el Starbucks. Nos lleva siguiendo todo el día.*

—Ya lo sé. He cerrado todas las ventanas, he activado la alarma, he echado todos los cierres de la puerta, y hasta le he atrancado una silla. La policía ha dicho que no han encontrado nada raro en todo el edificio ni en los alrededores.

—Asómate otra vez a la ventana.

—... Ahí siguen, en el coche. Mañana a primera hora iremos a comisaría a dar un informe detallado, con pelos y señales, tal y como hemos acordado. ¿Qué más te puedo decir? Esta noche no volverá, ya los oíste. Estoy tratando de tranquilizarte.

—Pues no lo haces.

—¡Bueno, ya está bien! Yo también siento todo esto, y también estoy nervioso, pero trata de ser un poco constructiva.

—Ya.

—¿Qué crees, que a mí no me afecta? Mira, te contaré algo: hace meses, casi un año, que la mitad de las cartas que llegan a mi buzón es-

tán vacías. Cartas de remitentes distintos, de remitentes que a veces ni siquiera conozco. Abro los sobres y nada, vacíos. Alguien lleva mucho tiempo abriéndome y robándome la correspondencia. No te lo quería decir para no preocuparte, para que te enteres.

—Pues has elegido el mejor momento para decírmelo. Ahora sí que voy a dormir bien.

[Durante unos instantes no se oye nada. Luego un roce de sábanas, un sonido de muelles de colchón. Luego silencio de nuevo.]

—Venga, te propongo una cosa. Vámonos al salón. Pondremos la tele. Yo no me dormiré, tú te echas sobre mí, pones la cabeza en mi regazo, y tratas de descansar algo. ¿Qué te parece?

[Silencio. Y luego un tímido:]

—Vale.

[De nuevo roce de sábanas y sonido de muelles. Luego pasos. Luego el televisor. Él dice:]

—Espérame aquí sólo un minuto.

[Luego los pasos de él. El micrófono de la cocina capta ruidos diversos. La puerta de un frigorífico se abre y cierra varias veces. Un zumbido y un timbre de microondas. Otro zumbido extraño. Puede que le esté preparando algo de comer. Y quizás una infusión relajante, con tila, con melisa, con valeriana, azahar y lavanda. O puede que un zumo de naranja natural, que tiene vitamina C para reforzar el sistema inmune, flavonoides que mejoran la circulación y el funcionamiento cardíaco, y aceites esenciales que actúan como calmantes sobre el sistema nervioso. Como tarda un poco, puede que lo esté pasteurizando, subiéndolo a 70 °C durante unos minutos, porque el zumo de naranja puede contener *Bacillus cereus, Salmonella typhi* y *Salmonella hartford.* Después, no se oye nada más.]

35

En Madrid, a 26 de enero de 2008, yo, Don M. Y., mayor de edad, soltero, con domicilio legal en la calle X, n.º X, piso X, de la ciudad de Madrid, nacionalizado español, con DNI n.º X, en pleno uso de mis facultades mentales y siendo mi firme y deliberado deseo otorgar este testamento, ordeno mi última voluntad en las siguientes disposiciones:

Lego a la portera de mi finca, Doña Guillermina Martínez López, los bienes muebles de mi propiedad que equipan el domicilio antes citado.

Lego al cartero de mi distrito, cuyo nombre desconozco, pero que me repartió y entregó facturas y documentos de fines publicitarios durante los últimos siete años y cuatro meses, como será contrastable en la oficina de Correos correspondiente, el contenido de los ficheros ubicados en el citado domicilio, y que asciende a un total de 1.137.057 fichas en materia médica, jurídica e histórica.

Por lo demás, instituyo y nombro heredera del resto de mis bienes, derechos y acciones a M. K., y, en concreto, beneficiaria de mis aparatos de respiración asistida, de mi cama articulada, y de mis otros instrumentos médicos; de mis armas blancas, armas de fuego, materiales de espionaje, venenos vegetales, animales y artificiales, y otros mecanismos letales de mi invención, rogándole guarde extremo cuidado al manipular aquellos que puedan ser considerados como armas de destrucción masiva; y de la cantidad dineraria en efectivo que se encuentra en la caja fuerte ubicada en mi domicilio, en el interior del grueso sobre que dice PAGOS Y ANTICIPOS.

Designo a Don Hilario Gómez Macías, empleado del banco donde tengo mi cuenta corriente, albacea solidario, que además de las facultades legales, tendrá las de reclamar, percibir y cobrar toda clase de cantidades, créditos, rentas y cuanto le correspondiera retirar de bancos, de cajas, o de particulares, además de administrar todo lo referente a la testamentaría, ya judicial, ya extrajudicialmente, a fin de ultimar con efectividad el encargo de confianza que le confiero.

Es también mi deseo que, al fallecer, mi cuerpo se done a la ciencia para su investigación como una suerte de milagro médico, con la esperanza de que su análisis forense revierta en extraordinarios descubrimientos futuros; y así, de alguna manera, sentirme al fin comprendido al hacerse pública la imposible conjunción de males que he sufrido hasta el día de mi muerte en la más estricta soledad. Asimismo, si alguien tuviera el impulso de enviar flores con motivo de mis exequias, en su lugar es mi deseo que ese mismo importe en efectivo sea enviado, en concepto de donativo, a la Federación Española de Enfermedades Raras, para que allí lo empleen como mejor dispongan.

Por el presente revoco y anulo los testamentos que tengo otorgados, cuya fecha y notario no recuerdo, y todos los que pudieran aparecer con fecha anterior al presente, único testamento que quiero que se cumpla y ejecute en todas sus partes, como mi última y deliberada voluntad.

Así lo otorgo, en el lugar y fecha arriba indicados, escrito íntegramente de mi puño y letra en tres folios que firmo al final de cada una de las hojas.

M. Y.

36

La mañana del sábado de esta semana postrera, finalmente, amanecí muerto. Llamé a los servicios de urgencia, y sin embargo, cuando llegaron, por obra de algún milagro poderoso, mi cadáver mostraba una extraordinaria mejoría. Al abrir los ojos, como en sueños, vi a un pálido enfermero de artes dudosas, de rodillas junto al ser que acababa de devolver a la vida.

Ahora, mi pulso es de setenta y ocho pulsaciones por minuto. Mi tensión arterial de ciento veinte milímetros de mercurio la máxima, y setenta y un milímetros de mercurio la mínima. En mi dormitorio la temperatura ambiental sigue siendo de veintiséis grados. Los enfermeros han dejado sobre la mesa del salón una caja de alprazolam, y otra de fluoxetina, ambas de marcas genéricas.

Durante horas no se ha oído nada en mi receptor de escucha; hasta que hace unos segundos ha sonado el golpe, algo distorsionado, de una puerta al cerrarse. Transcurren otros siete minutos, y a las 12.11 las voces del señor Blaisten y su amante cobran vida en mi dormitorio, a pesar de encontrarse a varios kilómetros de distancia…

—Tampoco veo de lo que va a servir.

—Mejor dos descripciones de un hombre disfrazado que nada, cariño. Algo harán con ellas.

—Sí, yo sé lo que van a hacer. Guardarlas.

—Bueno, pues nada, si tú lo dices.

—A estas alturas ya estarán muy archivaditas en una carpeta preciosa. Si es que no las tiran a la basura.

—Me voy a duchar.

—¿No vas a hacer café?

—Necesito una ducha, amor. En el estante tienes el café jamaicano.

—¿Blue Mountain?

—Sí, pero ten cuidado con...

—Con la Saeco, sí, ante todo cuidado con su Saeco.

—Se le pueden romper las muelas de cerámica del molinillo, carajo, y vos la agarrás siempre de cualquier manera...

—Vale, vale. No te alteres. Te odio cuando te sale la vena argentina.

—Es lo que soy, argentino.

—Lo que eras, más bien. Hace años.

[Veintitrés segundos de silencio, y luego él, en voz baja:]

—¿Y vos qué sos? No me rompás las bolas...

[Y como si fuera otra voz, pero siendo aún la de Blaisten:]

—¡Me voy a la ducha, cariño!

[Mientras suena el agua cayendo abundantemente en el plato de la ducha del segundo baño, y la cafetera hirviendo en la isleta central de la cocina, aprovecho para prepararme un té verde, sin leche, dos tostadas de pan integral con aceite de oliva, y mis ciruelas matinales. Creo que Melaina también se está preparando unas tostadas, porque he oído la campanita y el mecanismo de expulsión de una tostadora. En la cocina del piso del señor Blaisten suena *Non, je ne regrette rien*, de Edith Piaf, a un volumen suficiente como para inundar mi casa. Mastico mis tostadas a un ritmo que no es mi ritmo habitual. Cuando termino de desayunar y me dirijo al cuarto de baño, aún puedo seguir escuchando la música desde allí. Miro mi pequeña media bañera, mucho más modesta que las de la casa de Blaisten, y me decido a darme la que sin duda será mi última ducha sentado entre los vivos. Utilizo un gel de baño con un diez por ciento de Hamamelis, que tiene propiedades astringentes, antisépticas, antiinflamatorias y hemostáticas, y un champú infantil, que es el que mejor tolera la piel y a la vez un excelente agente limpiador, que elimina los residuos de cualquier enfermedad escamosa. Sentado sobre el escalón de loza de mi media bañera, con el agua caliente todavía cayendo sobre mi cabeza, advierto que Blaisten y su amante están hablando de nuevo, pero no puedo entender qué dicen. Seco mi cuerpo parte por parte, presionando con la toalla en lugar de frotar, para no acabar provocando ninguna erosión en la capa externa de la piel que pueda derivar en un eccema. Luego me visto completamente, y no salgo del cuarto de baño hasta que no me he puesto el abrigo sobre la ropa, para evitar los resfriados. Antes de llegar a mi dormitorio, ya puedo oír que Melaina dice:]

—Es curioso cómo una no valora lo que tiene hasta que ocurre algo así.

—Así somos.

—No valoramos la seguridad de la que disfrutamos cada día hasta que la hemos perdido.

—Sí, así somos. El ser humano no puede estar atento a todos los detalles de su mundo, por lo tanto selecciona los que se vuelven importantes.

—¿Está lo suficiente dulce? ¿O quieres más azúcar?

—Está bien. Es como la presión del reloj en mi muñeca, ¿viste? No la sentía hasta que no empecé a hablar de ello.

—Pero no entiendo nada, Eduardo.

—Lo sé, yo tampoco.

—¿Qué puede querer de ti?

—O de nosotros...

—Pero es tu casa. Y es a ti a quien roba la correspondencia.

—Sí. Debe de ser la misma persona. Seguro. No puede ser una coincidencia. Pero no sé qué puede buscar en mis cartas. No acierto a adivinar qué puede querer.

—¿Crees que quería matarnos?

—No. No lo sé. ¿Por qué? ¿Para qué?

—Yo sí que no lo sé, Eduardo. Piénsalo tú. Quizás haya algo.

—¿Qué va a haber? ¿Qué puede ganar nadie quitándome la vida?

—Eduardo.

—¿Qué?

—Yo me moriría si de pronto desaparecieras... Pero no pensemos más en esto. Por qué iba nadie a querer matarte. No debía de ser más que un vulgar ladrón. Seguro que no vuelve.

[Mientras el señor Blaisten y su amante conversan, yo pienso en mi nuevo plan para acabar con mi objetivo. Mis últimos intentos de homicidio han sido demasiado precipitados, muy poco calculados, sin duda debido a la presión a la que me veía sometido. Hoy tengo que planificar milimétricamente mi estrategia. Hace dos días que no tomo ningún psicofármaco, las cajas de medicamentos que han dejado los enfermeros siguen sobre el tablero de la mesa sin abrir, y ya tengo pensada cuál va a ser la justificación legal de mi próximo intento de asesinato. Lo que resta es el aspecto más práctico del acto homicida, con qué atuendo enmascararme, con qué arma arrancarle la vida a Eduardo Blaisten.]

—Sí, me apetece.

—Pues entonces, decidido. Agarramos el coche y subimos a la sierra hasta que dejemos atrás todo rastro de la ciudad.

—¿Quieres que prepare una cesta de picnic?

—No. Y así salimos ya. Conozco un restaurante en Guadarrama en el que ponen una carne estupenda.

—Vale, estrenaré mi pamela. ¿No hará frío…? Es pleno invierno.

—No, al sol no creo. Así que puedes ponerte el vestido ese de hilo blanco que se te transparenta.

—No te pases… Eduardo…

—¿Sí?

—Te quiero.

[A la última frase le siguen veintiocho minutos de silencio, en los que mi receptor remoto sólo reproduce ruidos de puertas de armarios vestidores, de secador de pelo, de agua corriendo en los dos cuartos de baño. Probablemente se lavan las manos con algún gel hidroalcohólico, que por su alto contenido en alcohol etílico tiene una potente acción bactericida, funguicida y virucida. Después, de nuevo, pasos por el corredor que se dirigen hacia la puerta principal, y alguna risa. Entonces suena el timbre de la casa. Todo permanece en suspenso durante casi un minuto, hasta que vuelve a sonar el timbre. Ahora se oye el crujido de una cerradura, y una nueva voz se suma a las dos voces familiares.]

—Ah, hola, ¿eres tú?

—Sí, soy yo, ¿van a alguna parte?

—Sí, la verdad es que estábamos saliendo justo ahora.

—Bueno, no se preocupen por mí. Yo sólo venía a ver cómo estaban.

[La nueva voz ha pasado de ser casi imperceptible a estar situada muy cerca del micrófono de esa zona de la casa de Blaisten.]

—*Estamos bien, Laura.*

—*Pues quién lo diría, Eduardo. Tienen mala cara. ¿Dónde van? ¿A comisaría?*

—*No, aunque no te lo creas, tenemos mejores planes para un sábado.*

—*Ya estuvimos en comisaría a primera hora, Laura. Ahora queremos irnos al campo a despejarnos un poco y a olvidarnos de todo.*

—*¿Y de verdad pensás que es buena idea que se alejen de la ciudad? ¿Y si ocurre algo?*

—*¿Qué va a ocurrir? No seas agorera. Además, llevamos los teléfonos.*

—*Ya, ya sé. Pero en el campo… quizá no haya cobertura.*

—*Bueno. Nos las arreglaremos.*

—*Entonces, ¿están bien? ¿Dónde vieron al ladrón? ¿Por dónde creen que entró?*

—*Déjalo ya, Laura. No tenemos ganas de hablar de eso.*

—*Lo pregunto sólo porque a mí me podrían entrar por el mismo sitio. No me seas tan egoísta, Eduardo. Nunca te preocupás por tu hermana. Vivimos uno enfrente del otro y a veces me parece que no tenga hermano.*

—*Os dejo hablando. Yo tengo cosas que hacer.*

—*No, Melaina. Nos vamos. Laura, se nos hace tarde…*

—*Sí, ya sé, ya sé. ¿Al final pusieron las cortinas en el salón?*

—*Sí, pero… Espera… ¿Por qué no vienes más tarde y las ves? Ahora no podemos atenderte.*

—*Está bien, está bien. Me marcho. Les llamaré en un rato para ver si siguen bien. Y ya volveré más tarde.*

[Se oye de nuevo el sonido de la cerradura. Y otra vez un silencio contenido.]

—Yo pienso desconectar el móvil.

—Que te va a oír, Melaina.

—Que me oiga. «¿Por qué no vienes más tarde?» «¿Por qué no vienes más tarde?» No se te ocurrió ninguna forma mejor de echarla.

—En ese momento no.

—Pues a mí se me ocurrieron unas cuantas.

—Venga, olvidémoslo, y vamos a hacer como que nuestro sábado comienza desde este instante. ¿Estás lista? ¿Lo tenemos todo?

—Sí. ¿Qué es eso?

—No lo sé.

[Las dos voces suenan en el recibidor de la entrada. También se ha oído un ruido indefinido, susurrante, y un leve golpe metálico. Ella pregunta:]

—¿No la abres?

—No. Cuando volvamos, quizá.

[Eduardo Blaisten y su amante salen del piso. Imagino que lo que él ha dejado sin abrir en la bandeja de la mesa del recibidor es la última carta que le envié. Esta vez con un remitente femenino de esta misma ciudad, con la dirección de destino y el remite escritos en tinta azul con una caligrafía redonda y clara en el exterior del sobre. Hace un año que envío falsa correspondencia al señor Blaisten, cincuenta y tres cartas en total, de treinta y un remitentes distintos, y hasta siete localidades de origen. Siempre sobres cerrados sin nada en su interior. Con mucho cuidado de resaltar la letra «B» del «5.º B», y el «Eduardo» de «Eduardo Blaisten», para que el mismo piso y apellido no provoquen una confusión y las cartas acaben llegando al buzón contiguo de su hermana. Esta rutina, por supuesto, no obedece a ninguna animadversión personal, en absoluto disfruto con ello, es tan sólo un procedimiento más de los que tiene que seguir un asesino profesional para lograr la inestabilidad psicológica y el consiguiente descuido de su objetivo.]

37

14.07 DE LA TARDE. INTENTO DE HOMICIDIO CON EXIMENTE DE SÍNDROME DE ABSTINENCIA.

Hace casi una hora que estoy dentro de un taxi, y el taxista cree que le estoy tomando el pelo. Cuando me subí en el vehículo me preguntó adónde íbamos, y yo le dije que quizá pudiera ser que a la sierra de Guadarrama, pero que no estaba seguro. Me indicó que tenía que saber el sitio exacto, para introducir los datos en su sistema de GPS, pero yo le respondí que eso dependía de lo que me fuese diciendo mi sistema de GPS. Ya me había dicho dos veces «Menos cachondeíto» cuando comenzó a mirarme por el espejo retrovisor. Como además tengo la desgracia de sufrir un acentuado estrabismo con hipertropía, el hombre pensó que lo estaba mirando fijamente mientras conducía, cuando en realidad con mi ojo izquierdo me concentraba en seguir los pasos del localizador del coche del señor Blaisten en la pequeña pantalla de mi aparato. Llevábamos más de veinte minutos en la A-6 cuando me ha dado un tic en el dedo índice, y he tenido que esconder mi mano en el bolsillo del abrigo para que no piense que le estoy amenazando. Por suerte, he caído en la cuenta de traer conmigo suficiente dinero en efectivo como para pagar la carrera, y no existe el riesgo de que en ningún momento el taxista me vea sonreír.

Hace dos días que no tomo ningún medicamento que actúe sobre el sistema nervioso. A causa de mis innumerables enfermedades y de su tratamiento, he desarrollado una gran dependencia a la medicación, y en estos momentos mi síndrome de abstinencia comienza a manifestarse, de ahí la pronunciación de mis tics, el movimiento errático de mi ojo derecho virando hacia arriba como una boya, el picor que me recorre todo el cuerpo bajo la ropa, y el hecho de que cada vez hable más deprisa y con un ligero temblor en las sílabas finales de las palabras. Según la doctrina penal, en caso de crimen, para la exención de responsabilidad se requiere un síndrome de abstinencia que impida comprender la ilicitud del acto, es decir, la perturbación necesaria como para disminuir la capacidad culpabilística del sujeto, a la vez que su personalidad se ve deteriorada por la ansiedad, la irritabilidad y la vehemencia incontrolada. Y en caso de ser arrestado las autoridades podrán recurrir, para contrastar mi propia declaración, a dictámenes periciales facultativos —ya sean forenses o no—, a mis historiales médicos, a una relación de tratamientos farmacológicos a los que me he visto sometido, así como a todo aquello que fuere necesario para comprobar la autenticidad de tal síndrome de abstinencia. Algo por lo que en absoluto he de preocuparme.

Cuando la lucecita roja que representa el coche de Blaisten acaba quedándose inmóvil en la pantalla de mi sistema de GPS, al tiempo que le digo al taxista que pare cuando pueda, alcanzo a ver ya a través de la luna delantera el todoterreno gris metalizado aparcando bajo una hilera de árboles, a unos cien metros de distancia. Le pregunto al taxista cuánto le debo, y me responde que ochenta y tres euros, saco el importe de la cartera, se lo extiendo en la mano derecha, entre las convulsiones de mi dedo índice que estruja los billetes, y le digo:

—Tome, tome, tome, ¡tome!

—Pero bueno, ¡esto es el colmo! —explota el conductor del taxi—. Es lo que vale. Si no quería pagarlo no coja un taxi desde Madrid a Guadarrama. Coja un autobús, joder.

—No tengo ningún problema con el importe, señor —le contesto—. Ningún problema. Ningún problema. No tengo ningún problema. ¡Quédese el cambio!

—Joder con el tío —susurra el taxista, creo que un poco asustado, a pesar de su tamaño.

—De hecho, le iba a pedir, si no le importa, que me espere aquí para llevarme de vuelta —le digo—. Por supuesto le pagaría lo que marcara el taxímetro por el tiempo de espera.

Pero el señor taxista no me responde. Y cuando salgo del auto arranca de forma repentina, quizás incluso algo violenta, levantando en todo caso una nube de polvo en la gravilla de la cuneta que me obliga a taparme la boca con el pañuelo.

El señor Blaisten y su amante han entrado a almorzar en el único restaurante que parece haber en esta cima montañosa. Yo siento verdadera hambre, sin embargo, no puedo entrar a comer esas carnes estupendas que han traído desde tan lejos a mi víctima, porque finalmente no he venido disfrazado, y no puedo arriesgarme a que pudieran reconocerme antes de tiempo. Mi plan implica acabar con la vida de Blaisten, pero no con la de su amante. Me acercaré a él como un enajenado, gritando «¡Necesito medicinas! ¡Necesito medicinas!», y antes de que pueda hacer nada para impedirlo lo arrojaré por un precipicio mortal. Pero en el supuesto de un posible juicio, ella actuará como testigo en mi contra, y no concordaría con mi alegato de síndrome de abstinencia que yo estuviese disfrazado en el momento del crimen. Por eso era mejor esta opción. Por eso hoy he venido sin máscaras ni tapujos, para que, de esta forma, ella pueda verme cuando ultime por fin mi trabajo, identificarme en el banquillo de acusados de la sala de audiencia, y luego, llegado el momento, quién sabe, incluso podríamos empezar a conocernos.

Con lo que no había contando era con que, cuando el señor Blaisten y su amante saliesen del restaurante, otra vez se subieran al coche. Y cuando lo hacen no tengo otro remedio que, desfallecido por el hambre, con mi dolor penetrante en el fémur, arrastrando mi deforme pie derecho sobre los guijarros de un camino de tierra, tapándome la nariz y la boca para no asfixiarme por la cortina de polvo que van levantando sus ruedas, echar a correr detrás de ellos, con la única esperanza de que se desplacen tan sólo unos metros. A los pocos minutos los pierdo de vista, pero sigo avanzando, ahora a paso rápido y renqueante, a pesar de que siento ascender un flujo de sangre que me quema la faringe, la laringe, los bronquios y los pulmones. Después de un rato, que no consigo calcular en mi reloj, porque tengo la vista nublada, y toda la realidad salta arriba y abajo como cuando una cinta de película se sale del proyector, reconozco el todoterreno gris metálico del señor Blaisten aparcado debajo de una encina. Me tomo mi tiempo en recuperarme. Recobro el aliento. Mis pulsaciones se estabilizan. Aunque todavía están en noventa y ocho por minuto, y respiro seis veces cada diez segundos. Cuando mis latidos dejan de retumbar en mis oídos, distingo las voces de Eduardo Blaisten y su amante a los lejos.

Me aproximo y compruebo que están unos quince metros más abajo que yo, en un reborde de la montaña que permite mejores vistas por la ausencia de árboles. Nos encontramos en uno de los puntos más altos de la serranía. Por encima de nosotros aún se alzan algunas cumbres rocosas cuajadas de nieve, y debajo se pueden ver cúmulos de pinares de color verde intenso, y una pequeña laguna plateada de origen probablemente glaciar. Oigo que el señor Blaisten y su amante comentan que la vista desde ahí es sobrecogedora. Pero, en realidad, lo mejor de todo es que en el balcón natural en el que estamos no hay más que matorrales y algún pino aislado, por lo que Blaisten no tendrá donde agarrarse cuando lo precipite a más de dos mil metros de altura. Me acerco todo lo que puedo, tratando de no hacer ruido, ni pisar nada que pueda crujir más que mis huesos. Tomo impulso y me arrojo contra ellos. Grito muy fuerte:

—¡Medicinaaas! ¡Necesito mediciiiinaas!

Y no tengo que interpretar nada, porque realmente necesito medicinas. Y cuando la voz sale de mi garganta de verdad lo hace con una fuerza insensata y desesperada. Blaisten y su amante en un principio se giran alarmados, con los mismos ojos abiertos de una liebre sorprendida por las luces de un auto en medio de la noche; pero luego, cuando corro hacia él, cuando lo fijo como mi único objetivo y me abalanzo sobre su cuerpo, del que está a punto de separarse para siempre, con un movimiento resuelto me atrapa y me sujeta con los brazos, y me inmoviliza hasta que he de terminar por rendirme, moviéndome ya apenas en un vano intento de librarme de la trampa con la que me ha vencido.

—Tranquilícese, hombre. Tranquilícese —me dice.

Yo sólo acierto a pronunciar:

—Mis medicinas…

—Este hombre está enfermo —le dice el señor Blaisten a su amante, que todavía tiene la expresión desencajada desde que me vio aparecer por la pendiente. Y por un momento me encuentro mejor, porque me siento comprendido. Sí, estoy enfermo.

Eduardo Blaisten y su amante me llevan hasta su coche, y me tumban en el asiento de atrás. Cuando noto que el todoterreno comienza a descender por el camino de tierra, comprendo que es una oportunidad única para tomar las riendas de la situación, para agarrar el volante desde atrás, y despeñar el auto con todos dentro hasta caer al vacío. Sin embargo, estoy agotado, y me encuentro realmente cómodo en este asiento de atrás, conducido por la pareja hasta algún lugar en el que puedan someterme a los cuidados que necesito, y el asiento huele a nuevo y a limpio, y tengo que hacer verdaderos esfuerzos por no dormirme arrullado por la conversación de los dos en la parte delantera del vehículo, que cada vez percibo más y más lejana.

—Creo que me he lastimado la mano.

—¿A ver?… Habrás forzado la muñeca al subirlo.

—No la puedo mover. Me duele… ¿Crees que es seguro llevarlo en el coche, Eduardo?

—No te preocupes, mujer, este hombre está fuera de sí. Creo que tiene el mono.

—Por un momento pensé que era…

—Qué va.

—¿No?

—Este tipo es mucho más delgado, no podría hacer daño ni a una mosca. Está enfermo, sólo eso.

—Pues se me iba a salir el corazón cuando lo vi. Creo que estoy un poco paranoica.

—Es normal. Yo también pensé lo mismo. Pero créeme, soy muy buen fisonomista. Yo a este hombre no lo he visto en mi vida.

No sé si fue a causa del alivio al saber que Blaisten no me había reconocido, pero creo que en algún momento del trayecto terminé quedándome dormido, una vez más jugándome la vida. Estoy casi seguro porque cuando hace un rato he abierto los ojos me he descubierto en un puesto de socorro de montaña, y no hay rastro ni de Eduardo Blaisten ni de su amante allá donde mire. Los muy inconscientes me han dejado aquí sin saber que éste podría haber sido mi último descanso entre los vivos, sin saber que a estas horas podría estar muerto, asfixiado por la falta de oxígeno en mi sangre, traicionado por mi capacidad de ventilación alveolar trastornada. Definitivamente, este objetivo va a acabar conmigo.

38

A estas alturas, que Samuel Taylor Coleridge naciera, un 21 de octubre de 1772, en una pequeña población inglesa que crecía arropada por el último tramo del río Otter, ya no sorprenderá a nadie. Y casi podría llegar a provocar una ligera sonrisa conocer la infausta noticia de que, dos semanas antes de cumplir los nueve años, el pequeño señor Coleridge hubiese perdido de forma repentina a su padre, el vicario de la soberbia iglesia de Ottery, construida a modo de réplica en miniatura de la catedral de Exeter; porque, las que en un principio pudieran haber sido tomadas como pequeñas extrañas coincidencias, cada vez se asemejan más en su conjunto a un oscuro e interminable plan divino pacientemente urdido con caracteres insondables. Por eso, la historia del frágil filósofo y poeta puede ser leída como parte de una historia mayor, la historia de todos nosotros, espíritus sensibles y malditos; por eso, no hace falta decir que su infancia fue desdichada, ni que las bellaquerías y trastadas de sus hermanos terminaron conduciéndolo hasta el interior de las cuatro paredes de la modesta biblioteca local, donde aprendió a refugiarse en sus amigos los libros, como tampoco es necesario explicar que aquellas lecturas resultaron inútiles a la hora de salvarlo de la enfermedad, que lo persiguió desde niño y lo obligó a habituarse al consumo de láudano con fines curativos —un compuesto de doscientos gramos de opio, cien gramos de azafrán, quince gramos de canela, quince gramos de clavos, y más de un litro y medio de vino de Málaga, que había puesto de moda en Inglaterra el doctor Sydenham, comercializándolo bajo su mismo nombre—, ni que cuando el pequeño señor Coleridge aún no alcanzaba los noventa centímetros de altura, a pesar de su gran cabeza, ya despertaba con sus llantos a sus vecinos en mitad de la noche, a causa de la privación de su dosis.

Con el paso de los años, el señor Coleridge se tornó gordo y sibarita, verborreico, consumido por el sentimiento del mal y de la culpa, por los sufrimientos de su tragedia personal como espíritu sensible, y por la aparición de un dolor reumático que no hizo sino acentuar su adicción al opio. El filósofo llegó a ingerir medio litro de láudano diario; lo que significaba treinta y cinco gramos de opio al día, y por lo tanto, ya que es su principio activo esencial, tres gramos y medio de morfina jornada tras jornada. Esta cantidad, aun considerando su tamaño y su peso, no era despreciable en modo alguno.

Como es de suponer, no faltó quien levantara sospechas acerca de que fuese la morfina la verdadera causa de los sueños llenos de imágenes del señor Coleridge, así como de las coloridas y alucinadas tramas de sus escritos. No obstante, estudios científicos recientes han demostrado que la morfina tiene la propiedad de suprimir el sueño con movimiento rápido de ojos, o sueño REM, que es el único que puede llegar a fijarse en la memoria. Así pues, hemos de suponer que el señor Coleridge sólo experimentaba sueño ROM, o sueño sin sueños, siempre que se encontraba bajo los efectos de su querido láudano. En las ocasiones en que alguien lo cuestionaba a este respecto, el poeta siempre formulaba la misma enigmática frase a modo de reto:

—Si un hombre atravesase el Paraíso en un sueño —decía—, y le dieran una flor como prueba de que había estado allí, y si al despertar encontrara esa flor en su mano, ¿entonces, qué?

Su interlocutor solía quedarse tan perplejo que no acertaba a responder, en la mayoría de los casos porque en realidad ni siquiera comprendía dónde quería llegar el poeta con todo aquel razonamiento.

Desde que era un niño delicado y enfermizo, Samuel Taylor Coleridge encontró en el láudano el remedio a sus episodios depresivos. Más tarde, cuando quiso deshabituarse e independizarse de la droga, encontró en las montañas el remedio para paliar su síndrome de abstinencia; caminar, escalar y trepar eran el consuelo y la fuente de recreación del poeta romántico, que en ocasiones se retiraba durante largos períodos de desintoxicación a los lugares más recónditos. Una tarde de verano de 1797, el señor Coleridge —que como todo el mundo sabe tenía el mismo exacto rostro de generosos carrillos que el señor Swift, de quien sólo se distinguía por no usar una leonada y blanca peluca— se hallaba absorto en la composición de un poema en un refugio de madera de un remoto paraje de la región de Exmoor, con las ventanas atrancadas con traviesas para evitar la entrada de la humedad y la indiscreción de los curiosos. Esa mañana, según su costumbre, había ascendido a la colina más alta de los alrededores para aliviar la carencia de droga en su sistema nervioso, había contemplado el sobrecogedor paisaje que se ofrecía a su vista, las cumbres heladas y rocosas, los cúmulos de robles y fresnos de color verde intenso, los acantilados que se quebraban sobre el plateado océano Atlántico, y a la hora de bajar había elegido el trecho más difícil de entre todos los posibles: un desfiladero rodeado de precipicios por el que se había dejado caer colina abajo conducido por la sola gravedad. Llegó al refugio riéndose de sí mismo como un loco. Cerró puertas y ventanas, se bebió medio litro de láudano que mantenía escondido para un caso de emergencia, comenzó a leer unos pasajes que hablaban de la edificación de un palacio en Oriente por un emperador mogol, cayó dormido, y soñó su poema.

Cuando despertó, el señor Coleridge recordaba con singular claridad un texto de trescientos versos. Se sentó en el sobrio escritorio, humedeció su pluma en el tintero, y se dispuso a darle forma en el papel. Del sueño resultó un fragmento lírico titulado «Kubla Khan», ambientado en el Oriente antiguo, plagado de imágenes oníricas y escrito con la música del arco iris. Lo que el señor Coleridge no podía saber, porque esa información no se publicaría en Europa, en concreto en París, hasta que trascurrieron más de veinte años, es que aquel emperador mogol de su lectura había mandado construir su palacio siguiendo los dictados de una visión revelada en sueños.

39

Estoy en el McDonald's de la calle Isaac Peral, detrás de la plaza de la Moncloa, abatido, extenuado y desalentado, al límite de mis fuerzas, y sosteniendo entre mis manos un McRoyal Deluxe cien por cien carne de vacuno, con tomate natural, lechuga, y queso fundido tipo cheddar. He tenido que coger un autobús desde la sierra, que tardó treinta minutos en aparecer, y cincuenta y cinco en completar su itinerario, porque no había posibilidad alguna de conseguir un taxi. Una vez en el autobús he tenido la absoluta certeza de que estaba siendo perseguido. Me observaban a través de la separación de los asientos, cuando me giraba sorprendía a las cabezas que trataban de escrutarme ocultándose tras los respaldos. Sé quién me perseguía, la única capaz de darme alcance allá donde vaya: mi infatigable mala fortuna. Así se lo intenté hacer saber al conductor del autobús, pero el operario de la empresa municipal de transporte supraurbano no entró en razones. Luego, una vez que pude bajarme en el intercambiador de Moncloa, tuve la sensación clara y distinta de que me seguían a través de las dársenas de las muchas líneas, por las escaleras mecánicas, más allá de las bocas de salida. Cuando he llegado a las inmediaciones de este McDonald's, mi hambre era tal que, venciendo todos los peligros y riesgos que supone para mi salud, saltándome mi estricto régimen ovolactovegetariano, he entrado por primera vez en un establecimiento de estas características, me he acercado hasta una caja registradora y, haciendo uso de todas mis habilidades de negociación, he convencido al joven empleado de que me sirviera sin salsa mahonesa ni mostaza esta hamburguesa con la carne muy poco hecha.

Ahora, mientras como, en la mesa de al lado una madre pregunta a su hijo si se encuentra bien, y éste responde que sí. Después, la madre le cuenta al padre que en el colegio del niño hay una epidemia que afecta a un gran número de alumnos, pero no puedo oír de qué infección se trata. A mi alrededor, los grupos de adolescentes se mueven sin saber muy bien qué hacer, algunos escogen mesa, y al cabo de un rato se cambian a otra. Hay adolescentes que son los responsables de pedir y llevar la comida; otros parecen los encargados de probar los asientos. Cuando ya he dado cuenta de la mitad de mi hamburguesa, masticando veinticinco veces cada bocado, me asalta un episodio hasta este momento desconocido para mí. He mordido la carne y me ha sabido a helado de vainilla con crema de caramelo. Me he acercado el bocadillo a la nariz, lo he olido, y me ha apestado a antiinflamatorio muscular. Por un momento no comprendo lo que ocurre, pero luego sí. Luego me doy cuenta de que me está atacando una nueva enfermedad. Otra más que añadir a mi larga lista de afecciones. Respiro hondo y trato de tranquilizarme. A pocos metros de mí, el encargado del local, unos años mayor que los adolescentes, trata de expulsar del espacio propiedad de la franquicia a un indigente que pedía limosna a los clientes. En la mesa de al lado, el padre pregunta a su hijo si se encuentra bien, y éste responde que regular. La madre le pregunta si no tiene calor, y éste responde que un poco. Yo miro fijamente la carne de mi hamburguesa, la muerdo, y me sabe a fécula de patata deshidratada y a almidón modificado. Vuelvo a oler el bocadillo a un centímetro de distancia, y hasta mi nariz asciende el aroma de un perfume de mujer, probablemente Agua de Loewe. Así de increíble es mi mala suerte. Incluso poder comer y saborear lo que como me ha sido negado. Necesito una prueba más. Me miro el dorso de la mano, me la acerco a la boca, y lamo mi propia piel, que me sabe a colorantes, acidulantes y aromas de fresa. Y cuando miro a mi alrededor compruebo que lo que tiene sabor a fresa es el chupachups de la adolescente que está sentada tres metros a mi izquierda. No cabe duda, sufro una nueva enfermedad. Padezco un Desorden Neurológico de Procesamiento Sensorial de Sabores y Olores. SIN CLASIFICAR.

Dejo el resto de la comida dentro de su cajita de cartón, sobre la bandeja de plástico. Me levanto y me dirijo a la puerta para salir de allí de una vez por todas. Pero antes, me detengo en la mesa de al lado, y le pregunto a la madre del niño si cree que esa epidemia que se expande por el colegio de su hijo puede afectar a adultos varones.

40

Esta noche, nada más llegar a mi apartamento en el punto X de Madrid, me he cortado las uñas, porque sabían demasiado. Me he frotado las palmas de las manos con un estropajo de fibra natural exfoliante. He encendido el triturador de documentos y he destruido unos cuantos papeles. He limpiado mis propias huellas dactilares de algunos objetos y rincones de la casa. Después, he puesto a lavar todos mis pañuelos, porque esta tarde he empezado a estornudar mucho, y empiezo a intuir que necesitaré tener una amplia reserva para las horas que me quedan de vida. En la lavadora, además de un detergente aniónico, he añadido un tapón de biocida desinfectante y otro de lejía para prendas delicadas. En un pequeño descanso, me mido la tensión arterial, y compruebo que tengo la máxima en ciento cuarenta y un milímetros de mercurio, con seguridad a causa de haber comido carne. A continuación, conecto mi receptor remoto. Durante los primeros treinta y seis minutos no se oye nada, transcurrido ese tiempo va aumentando el volumen de una conversación que parece provenir del dormitorio…

—Por tus artículos.

—Pero cariño, yo no soy un judío ortodoxo. No cumplo los preceptos ni nada parecido.

—Pero escribes sobre ello.

—Es sólo una afición.

—Y tienes el apellido.

—Sí, pasado por la Argentina y por un sinfín de migraciones. Y remezclado. La verdad, Melaina, no me imagino ninguna organización nazi preocupada por acabar conmigo.

—Pues a mí ya no se me ocurre otra cosa. Y tú nunca me dices nada de tus artículos. Podría ser que hubieras escrito algo en ellos que hubiese molestado a alguien.

—Pero si esas revistas especializadas no las lee nadie. Y además, son artículos sobre la tradición y sobre la cultura, ¿a quién iba a interesar eso? Créeme, antes podría haberse molestado un judío puntilloso que un radical neonazi.

—Pues entonces serán los judíos.

—Bueno, dejémoslo ya. Creo que estamos diciendo tonterías.

—Lo dices en plural, pero piensas que soy yo la que está diciendo tonterías.

—Voy a hacer una ensalada de brotes de lechuga y rúcula… Con nueces, dátiles, y tres quesos, ¿te parece?

—Y ahora cambias de tema.

—Camembert, parmesano y queso de cabra caramelizado.

—Vete a la mierda.

—Ah, y unos trocitos de pera dulce. Dime si te apetece. Tú puedes ir abriendo una botella de vino si quieres, y preparando la mesita de la tele. En la alacena hay un Campillo reserva del noventa y seis.

[Luego la conversación cesa, y se oyen pasos y ruidos en la cocina. En el salón comienza a sonar la voz cálida y envolvente de una mujer, acompañada de un piano y una guitarra acústica, a un volumen suficiente como para inundar mi apartamento. La música es melancólica, y sin embargo optimista. Me muevo por mi propio salón sin saber muy bien qué hacer, sin acabar de decidir si prepararme una infusión o dejar por una vez de lado mis rutinas. En su cocina, el señor Blaisten parece hablar solo, repitiendo mecánicamente cada paso de lo que va haciendo. He perdido la cuenta de los minutos transcurridos, cuando la amante de mi objetivo comienza a tararear la canción que suena en estos momentos, y al pasar cerca del micrófono de la lámpara del salón dice *I'm just sitting here waiting for you / to come on home and turn me on*, con su boca tan próxima al aparato y con una voz tan susurrante que consigue encenderme de rubor las mejillas. Me siento tan incómodo que resuelvo irme de la habitación, entrar en el lavadero, meter los pañuelos en la secadora, prestar toda mi atención al proceso de secado, y luego comenzar a plancharlos en la cocina. A los pocos minutos la conversación se retoma de nuevo, pero yo casi no puedo oírlos.]

—¿Has escogido un vino?

—Sí, el que dijiste.

—¿Lo has abierto?

—No puedo con una mano. Qué pronto se te ha olvidado mi luxación...

—Perdona, amor, es verdad. Pero ¿no podías apretar la botella bajo el brazo y abrirla con la otra?

—No, porque es la derecha.

—Bueno, no importa. Lo que pasa es que ahora habrá que esperar a que oxigene un poco.

—¿No has dicho que no importa?

—No importa. ¿Lo pasamos al escanciador?

—*Bien.*

—*Melaina, lo que te pasa es que estás un poco alterada. Es normal, no es para menos. Un extraño se nos ha colado hasta dentro del dormitorio.*

—*Vaya, ahora el loco ése va a ser tu solución para todo.*

—*¿Lo ves? Estás alterada.*

—*No me líes… ¿Y si tuviera que ver con tu trabajo? Podría ser alguien relacionado con tu trabajo.*

—*¿Qué quieres decir, que puede ser uno de mis pacientes? Yo no tengo pacientes peligrosos.*

—*Eres psicólogo. Todo el mundo odia a los psicólogos.*

[Cuando regreso junto al receptor de escucha, la conversación ha vuelto a extinguirse. Ahora se oye ruido de cubiertos y de vajilla durante un rato, sin que lo interrumpa palabra alguna. Supongo que ellos sabrán interpretar sus silencios, pero yo no tengo manera de hacerlo. Luego alguien enciende la televisión. Se oye un programa de sucesos, un pedófilo ha asesinado a una niña. Luego el señor Blaisten dice:]

—*Mañana llevaré los sobres vacíos que me han ido llegando a la policía, por si encontraran huellas, o ADN, o algo.*

[Después nada más, sólo la televisión.]

41

A lo largo de mis años de oficio, he aprendido algunos principios a los cuales debería acogerse todo asesino profesional:

Nunca trabajes sin guantes, en especial si tus huellas dactilares están registradas por haber sido condenado por el homicidio imprudente de una anciana con un punzón picahielo en una estación de metro. Además, la superficie del mundo exterior está llena de virus y bacterias que andan deseando encontrar un hogar cálido, húmedo y reservado, donde poder descansar y reproducirse.

Nunca apliques tu propia saliva en el reverso de un sello, o en la línea de cierre de los sobres vacíos que haces llegar a tu objetivo para provocar su desequilibrio emocional. Un simple análisis de ADN podría demostrar tu directa relación con los hechos. Además, el pegamento de los sellos y de los sobres contiene látex, y yo soy alérgico al látex, y en cualquiera de los casos su sabor es repugnante. Aunque parezca increíble, un poco de agua corriente bastará para eliminar esta desagradable y extendida costumbre.

Nunca escribas las direcciones de los sobres, ni las notas de amenaza de muerte, con tu propia letra. Los especialistas podrían identificarla sin problemas, a no ser que, como en mi caso, se disponga de unos amplios conocimientos grafológicos que, además de permitir reconocer cualquier trazo, hagan posible la absoluta deformación de la grafía, e incluso su composición con la mano contraria a la que se emplea habitualmente.

Nunca guardes los documentos relacionados con la técnica y el arte del asesinato en tus archivadores comunes, ten la precaución de reservarlos en archivadores metálicos portátiles, a modo de valijas, en algún lugar oculto, por ejemplo, tras el falso fondo del armario de tu dormitorio. Es imposible saber cuándo harán violenta irrupción en tu domicilio los Cuerpos y Fuerzas de Seguridad del Estado.

Nunca mates por placer, por mucho que la gente pueda llegar a irritarte en el metro, o en la mercería, o en las oficinas de la Administración Pública, por mucho que puedan llegar a despreciarte por tu aspecto distinto, por tu manera de moverte y de vestir, por tus costumbres taciturnas, por tu porte de espíritu sensible y melancólico, y a veces, incluso, por tu mala puntería. Si se mata por placer, puede llegar a perderse la serenidad y el equilibrio imprescindibles para el buen desempeño de la técnica y el arte del oficio.

Nunca escuches a tu hermano gemelo parásito cuando estás estrangulando, acuchillando, empujando, envenenando, degollando, desnucando, apaleando, o disparando a tu objetivo. El homúnculo que anida sobre tu hombro no hará sino confundirte.

Nunca te dejes impresionar por la sangre. Por mucha que sea, por mucho que se expanda, la sangre en sí misma no es buena ni mala, es húmeda, roja, caliente, pero no es buena ni mala a no ser que sea la tuya. No tienes ningún motivo para marearte al ver la sangre, no tienes por qué caerte en redondo al suelo, y quedarte allí inconsciente hasta que un testigo de tu crimen llame a la ambulancia, y se llene todo de sirenas, y de furgones blancos, y de coches azules. Y tampoco tienes ningún motivo para pensar que es tu propia sangre si tú no tienes ninguna herida, si la ves fluir de otro cuerpo. Definitivamente, no hay razón alguna para llegar a la conclusión de que esa sangre es la tuya manando por la herida de otro.

Nunca extraigas el corazón de tu objetivo, ni ninguna otra víscera, por mucho valor que creas que pudiera alcanzar en el mercado, si no quieres dejar un ostensible rastro que conduzca hasta tu inmediata detención. Un órgano de tu víctima en tu propia casa puede ser una prueba inculpatoria de lo más bochornosa.

Nunca le cuentes a nadie nada en absoluto acerca de tu oficio. Aunque creas tener un mejor amigo en el que poder confiar, éste también tendrá a su vez uno o dos mejores amigos de confianza a los que no podrá evitar contarles un secreto tan jugoso, y éstos, otros a su vez, y así indefinidamente. En una ciudad del tamaño de Madrid, bastarían 1.769,87 días para que todos los habitantes supieran que eres un asesino profesional en ejercicio; sin contar con que en ese proceso de difusión no hubiera algún miembro de un Cuerpo o Fuerza de Seguridad del Estado, o alguien un poco más indiscreto que el resto de la media, o que incluso tuviese acceso a un medio de comunicación masivo. La norma a seguir es no revelar nada a ningún mejor amigo. O, para mayor seguridad, no tener ningún mejor amigo.

42

12.16 DE LA MAÑANA. INTENTO DE HOMICIDIO CON EXIMENTE DE ALTERACIÓN PSÍQUICO-PERCEPTIVA TRANSITORIA.

Estoy sentado en la escalera de servicio del edificio de Eduardo Blaisten, y sé que mi historia es circular. Acabo de reparar en ello y lo he visto con total nitidez. No podía ser de otra manera, porque mi historia forma parte de otra mayor, más grande y elevada en todos los sentidos, la historia que una y otra vez escribimos con nuestras vidas todos los malditos por el estigma de la desdicha. Por eso acabo de tomar conciencia de que mis esfuerzos por matar a Blaisten parecen no llevar a ninguna parte, como si estuviera condenado a subir una roca a la cima de una montaña y siempre que estuviese a punto de lograrlo la piedra volviese a rodar hacia abajo hasta lo profundo del valle. Como si hubiera caído desde algún otro lugar hasta estrellarme de bruces en el centro de una farsa. Tengo los ojos cerrados, las manos apretadas contra la cara, y la cabeza entre las piernas, y a estas alturas me avergüenza decir que estoy abatido, extenuado y horrorizado, al límite de mis fuerzas. Pero es así. Y si he buscado a tientas este rincón en el que esconderme, en la escalera secundaria del edificio del señor Blaisten, es porque espero que los vecinos se limiten a utilizar el ascensor o en su defecto la escalera principal, y que nadie venga a molestarme aquí, mientras siga oculto e indefenso, sin atreverme siquiera todavía a volver a abrir los ojos, atemorizado por esta nueva enfermedad sorprendente y los intensos paroxismos que me asaltan desde hace unas horas.

Esta mañana, cuando me he despertado, he creído durante dieciocho minutos que por fin había muerto de una vez por todas. Estaba tumbado boca arriba en mi cama articulada, y al abrir los ojos por primera vez sólo he visto una neblina entre blanca y gris allá donde mirara. No me causó extrañeza alguna el hecho de estar muerto finalmente, sino que más bien me preguntaba qué se suponía que debía hacer por el resto de la eternidad en aquel limbo algodonado y sucio. Sin embargo, al cabo de un rato, advertí que mis oídos seguían percibiendo los ruidos habituales de mi casa, al mismo tiempo que lo que veían mis ojos no se correspondía ni con mi dormitorio ni con nada que pudiera reconocer ningún mortal. Cuando mi reloj biológico marcaba el minuto dieciocho de aquel estado de sopor, me pareció ver la cola de un avión silencioso punzar la bóveda de la bruma, y al instante un pequeño pájaro apareció de la nada directo hacia mi cara, y me dio el sobresalto que me resucitó. En un acto reflejo, giré la cabeza hacia la izquierda con fuerza y, entonces, toda la realidad se precipitó hacia arriba, difuminada por la propia violencia del movimiento, y cuando me quise dar cuenta me encontraba en medio del salón de un señor que miraba la tele en camiseta interior, y que en modo alguno se mostraba perturbado porque yo hubiera caído en su casa. Como aún me encontraba tumbado en posición horizontal, aunque con la cabeza girada hacia la izquierda, al reparar en que en mi mejilla podía sentir todavía el tacto de mi propia almohada, quise incorporarme, y de nuevo toda la realidad volvió a precipitarse sin concederme tregua, en esta ocasión avanzando hacia atrás, hacia abajo y hacia la izquierda, igual que si ascendiese en la vagoneta de una montaña rusa. Atravesé varias decenas de salas y habitaciones, con sus paredes, suelos, techos, tuberías y hasta pilares maestros, atravesé una calle por mitad del aire, una fachada, y un par de habitaciones más, hasta estabilizarme en un dormitorio vacío, con la cama deshecha y las ventanas abiertas. En el espejo de la pared del dormitorio, pude ver reflejada, a través de la ventana, la fachada de mi propio edificio. Sintiendo aún y en todo momento mi cama tibia bajo los muslos, otra reacción instintiva me hizo volverme para comprobar que era cierto lo que estaban viendo mis ojos en el espejo, pero aquello fue un error, porque todo se atropelló de nuevo, y de un golpe vertiginoso me situé esta vez en lo que supongo era un edificio del otro lado de mi manzana. En la habitación de este otro piso había varias personas discutiendo; me percaté de que ninguna de ellas me veía, y se me ocurrió cerrar los ojos, y en efecto confirmé que yo no las oía en absoluto. Mi mareo y mi aturdimiento eran tales que necesité permanecer un buen rato con los ojos apretados, para poder volver a sentir la paz de mi dormitorio, dejar de temblar y recuperar cierto aplomo. Tomé aire e hice varios ejercicios respiratorios. Abrí de nuevo los ojos, y estaba en aquella casa, rodeado de aquellos extraños. Los cerré, y estaba en mi dormitorio. Me giré despacio hacia la derecha con los ojos cerrados, los abrí una vez que me había quedado del todo inmóvil, y allí estaba, plantado en mitad del aire, sobre la recoleta plaza, su fuente de piedra y sus transeúntes, del barrio X de Madrid. A pesar de mi vértigo extremo, supe que no cabía otra explicación: por algún extraño motivo, probablemente por una lesión traumática en alguna parte de la corteza visual primaria de mi lóbulo occipital, mi vista estaba situada a, al menos, cien metros de distancia de mí. Desde primera hora de esta mañana, hasta este mismo instante en el que me encuentro sentado en la escalera de servicio del edificio de Eduardo Blaisten, me asalta un Desorden Neurológico de Procesamiento Sensorial de la Vista. Un desorden exacerbado, inexplicable, vívido y aterrador. Sin Clasificar.

Si no tuviese la completa certeza de que hoy será mi último día sobre la faz de la tierra, si no estuviese convencido de que este día de domingo representa mi última oportunidad para acabar con la vida de Blaisten —si es que acaso de verdad tengo alguna posibilidad, y todo esto no resulta ser más que otra broma cruel de los astros—, esta mañana me habría quedado sin duda postrado en mi cama, esperando a que se disipasen los síntomas de esta nueva alteración, o, en su defecto, a que la cálida y oscura muerte me rescatara de éste y de todos los demás tormentos que me asedian. Aunque ella, la oscura, nada parece conocer de las reglas de la puntualidad.

En cualquier caso, como buen profesional, lo primero por lo que me pregunté a primera hora de esta mañana, una vez que me recuperé de mi pavor inicial, fue por las distintas coartadas legales que podía proporcionarme este trastorno, si se diera la feliz circunstancia de que llegase a consumar el homicidio. Y si bien el Código Penal de este país al referirse a esta eximente lo hace en términos de alteración psíquica transitoria, y, como es evidente, mi alteración no es psíquica, ni imaginaria, ni tiene en absoluto nada que ver con lo que comúnmente se entiende por un trastorno mental, sí es cierto que se desarrolla a un nivel neuronal, y que por lo tanto sería de justicia que cualquier tribunal la considerara digna de eximirme de toda responsabilidad delictiva. Mientras reflexionaba sobre estos asuntos, lograba al mismo tiempo con dificultad adentrarme en mi cocina sin abrir los ojos, palpando las paredes, los muebles y el menaje, para tratar de hacerme el desayuno, y, con el cuchillo de las tostadas en la mano, llegaba a la conclusión de lo fácil que sería asesinar a Blaisten creyendo estar cortando un bistec en un restaurante de la calle Claudio Coello.

Pero, a veces, los planes se antojan en la teoría mucho más fáciles de lo que luego resultan en la práctica. Y yo no podía sospechar que trasladarme desde mi casa hasta aquí esta mañana iba a suponer una hazaña tan heroica como penosa: en mi ingenuidad, pensé que podría desplazarme a ciegas, para evitar que la visión de las imágenes equívocas me distrajese, sin contar con que el bullicio de la gente y el estrépito de los coches me iba a forzar una y otra vez a abrir los ojos, y que el caos se iba a cernir sobre mí. La primera persona en atravesarme fue una corpulenta señora que caminaba en mi dirección en una calle contigua, o quizá fui yo quien la atravesó a ella, y con miedo y asco pude ver desde dentro sus capas de tejido adiposo, sus órganos latiendo, sus fluidos circulando, y hasta un carcinoma creciendo en su pulmón derecho y ulcerando la mucosa. Después, mientras trataba de contener con la mano mi corazón al borde del colapso, arremetieron contra mí decenas y decenas de fantasmales vehículos con todo tipo de motores, chasis, tapicerías y los más variados enseres y bártulos en sus maleteros. Si no tomaba precauciones, me golpeaba la cabeza contra fuerzas invisibles hasta caer en redondo al suelo; otras fuerzas invisibles me ayudaban a continuación a levantarme, y me apoyaban sobre superficies igualmente inasibles. Si por descuido bajaba la vista al suelo, me hundía en los túneles del transporte público suburbano, para de inmediato ser arrollado por los interminables trenes del metro. Mi viaje, en definitiva, me ha hecho sentir como el señor Ulises en su odisea de regreso a su Ítaca natal, como el doctor Fausto en su descenso a los mismísimos infiernos, he sido atropellado virtualmente y golpeado con contundencia, he visto cientos de organismos vivos por dentro, lugares oscuros, cuartuchos olvidados y secretos inconfesables, actos escabrosos, perspectivas abominables, tuberías y cloacas, como en las vísceras de un Aleph corrupto, he visto el interior de todo lo que uno se puede encontrar desde un punto X del suroeste de Madrid hasta el céntrico barrio de Salamanca.

Ahora, aquí sentado, sintiendo el daño que estos escalones infligen en mis riñones y en mis deteriorados huesos, con la cabeza entre las piernas, las manos apretadas contra la cara, y los ojos cerrados, aún no me he recuperado lo suficiente del horror como para volver a abrirlos, mirar hacia arriba, y poder ver con diáfana precisión el interior del piso de Blaisten, y lo que en estos momentos hacen mi objetivo y su amante. Pero he traído conmigo mi receptor de escucha, en una bolsa junto con otros utensilios imprescindibles, así que me he colocado un auricular en el oído derecho, he conectado el aparato, y hasta mi oscuridad impuesta llegan sus voces…

—*Entonces deja de reprochar las cosas.*

—*¿Y tú no lo haces?*

—*Yo creo que no.*

—*Pues yo creo que sí lo haces, todo el tiempo. Pero tú eres mucho más sutil. Y más condescendiente.*

—*En cambio, lo que yo creo, Melaina, es que* tú *estás alterada por todo lo que ha pasado estos días.*

—*¡¿Lo ves?!*

—*¿Que si veo qué?*

—*Lo acabas de hacer. Acabas de volver a hacerlo.*

—*Sólo te he dicho que estás alterada.*

—*Claro, porque no puedes considerar que tenga razón ni una sola vez. Por eso tengo que estar afectada por algo que no me permite percibir la realidad tal como es. Y por eso no paras de repetirlo.*

—*Bueno, está bien, no lo diré más.*

—*Sí. Prueba a dejar de trabajar por una vez.*

—*¿Cómo?*

—*Que no me gusta que me psicoanalices.*

[Se oyen pasos. Una puerta que se abre, y más pasos en el pasillo. Si fuese cierto que en estos momentos la amante de Blaisten se ve asaltada por una alteración que no le permite percibir la realidad tal y como es, podría sin más atacarlo, acabar de una vez con todos nuestros problemas, y usar su trastorno en su defensa como eximente o atenuante. Pero probablemente ella no está al corriente de esta información. Se oyen pasos otra vez. Movimiento de cosas. Blaisten comienza a hablar, pero entonces retumba el estampido de una puerta.]

—*¡Dejá de dar portazos! ¡Me vas a echar las puertas abajo!*

[Silencio. Y más movimiento de cosas. Y de nuevo Blaisten:]

—*¿Me vas a hacer hablar desde detrás de la puerta? No creo que ésta sea una conversación como para mantenerla así.*

[Silencio. Y una puerta que se abre.]

—*Casi nada ya puede mantenerse así.*

—*A lo mejor tenés razón.*

—*Sí.*

—*Pues algo habrá que hacer.*

—*Algo habrá que hacer.*

—*¿Sabés una cosa? Empiezo a estar verdaderamente harto.*

—*Yo estoy muy cansada, Eduardo.*

—*Pues ya somos dos.*

—*Sí.*

[Más silencio. Por un momento pienso que no me gustaría morirme aquí, en medio de la oscuridad y del silencio. Hallado quién sabe cuántas horas o días después, encogido sobre mí mismo, con el abrigo puesto, en una escalera de servicio. Siguiendo un movimiento casi inconsciente, levanto la cabeza y abro los ojos. Y en cuanto los abro estoy en el piso de Blaisten. Pero, como miro desde abajo, veo los cuerpos de mi objetivo y de su amante en escorzo. Trato de colocarme mejor, creyendo por un segundo que mi vista funciona de la forma normal dentro de las dimensiones del espacio, alzo un poco la cabeza, y cuando me quiero dar cuenta estoy dentro de Blaisten. He atravesado sus pantalones, su colon, he recorrido su intestino, y me he situado en el centro de la acidez de su estómago. Resignado, vuelvo a cerrar los ojos, y regreso a la oscuridad y el silencio. A los siete minutos, se oye:]

—*¿Eso es todo?*

—*Quizá deba ser todo.*

[Supongo que es normal que las relaciones entre hombres y mujeres se fundamenten en los silencios. Después de tanto tiempo y de tantas experiencias compartidas, cada uno de ellos sabrá interpretar con exactitud cada silencio del otro. Uno de ellos se sorbe la nariz. Luego se oyen pasos apresurados por el pasillo. Alguien entra en el dormitorio y se deja caer con fuerza en la cama. Allí se suena repetidamente la nariz en lo que imagino serán pañuelos de papel. En el altillo de la otra habitación se renueva el rumor de las cosas. Supongo que Blaisten está desinfectando el cuarto trastero, saneando los rincones más inaccesibles donde los agentes patógenos, los virus, las bacterias, los protozoos y los mohos crecen, confabulan y andan intrigando sin descanso. Luego otra vez pasos. Más rumor de objetos. En el dormitorio, más gemido de mucosas nasales. Más pasos en el corredor. Ahora los dos están en la habitación. Los objetos siguen repiqueteando y susurrando, pero no se oye ninguna palabra. Pasan dieciséis minutos hasta que vuelven a sonar los pasos por el pasillo, yendo a desembocar a la cocina. Supongo que Blaisten está esterilizando los cubiertos, vasos y platos, con calor seco y con fenoles líquidos. Luego pasos, algo que se arrastra, supongo que no es un cuerpo. Y de nuevo el estampido de una puerta. Como era la puerta de la calle, dejo de prestar atención a lo que emite el receptor remoto.]

Miro hacia arriba, respiro hondo, y abro los ojos, porque necesito saber adónde se dirige el señor Blaisten para poder seguirlo y acabar con su vida para siempre. Estoy en el tramo final del pasillo del piso, pegado al suelo, y en ángulo forzado puedo ver una esquina de la cama de matrimonio. Con mucho cuidado, porque no sé si podría sorprender a la señorita Melaina en una situación impúdica, me muevo apenas y mi mirada alcanza a ver encima de la cama. Entonces, el receptor de escucha reproduce un sonido nasal propio de un hombre, y con estupor, descubro allí derramado, rodeado por una legión de bolas de pañuelos de papel, y dominado por unos pequeños hipidos un tanto impropios, a Eduardo Blaisten.

No tengo tiempo que perder. Saco fuerzas de flaqueza, me presiono el abdomen con la mano para aplacar el dolor de los tumores carcinoides de mi intestino delgado, hago de tripas corazón, y con los ojos cerrados me incorporo y comienzo a subir las escaleras para acabar con Blaisten cuanto antes. En mi bolsa llevo un cuchillo de carne con una hoja de acero de diecinueve centímetros de largo y un mango remachado de madera de palisandro. Asciendo muy lentamente, porque avanzo a ciegas y tengo que ir contando las plantas y las entreplantas, y me duele el pie derecho al apoyarlo, y el fémur, y tengo muchos ataques de tos esta mañana, y porque me da miedo distraerme, y abrir los ojos, y encontrarme en mitad del aire o dentro de alguien. Durante mi ascenso, en varias ocasiones se oyen voces femeninas por el hueco de la escalera, provenientes de las plantas superiores. Dos mujeres discuten. Se acusan de cosas mutuamente. Hablan de abandono. De cobardía y de valentía. Una de ellas le dice a la otra que se alegrará de no volverla a ver más. La segunda responde lo mismo. Se vuelven a culpar. Una de ellas le pide a la otra un último favor. Como no entiendo nada, oriento mi cabeza en dirección al hueco de la escalera, y de un rápido vistazo distingo en perspectiva vertical y desde abajo a la señorita Melaina y a la hermana de Blaisten, Laura Blaisten. La hermana de mi objetivo es una mujer gruesa, sin llegar a llamar la atención por su exceso de peso, viste un conjunto de falda y chaqueta color burdeos, camisa con chorrera de encaje, y un collar de perlas que le comprime la papada y las arrugas del cuello. En cuanto comienzo a situarme, la conversación se disuelve, y se oyen más golpes de puertas. Cierro de nuevo los ojos y sigo subiendo. Cuando por fin, cuidando que no haya nadie, me interno en la quinta planta del edificio, lo hago tanteando las paredes. Reconozco una primera puerta, que corresponde al piso de la hermana de Eduardo Blaisten, y a pocos metros, frente por frente, una segunda, la de mi objetivo. Una vez que estoy delante de la puerta, casi veintiocho minutos después de haber comenzado a subir, aferrado al pomo para no perder el equilibrio, me equivoco y abro los ojos, como para confirmar que he superado la parte final de una prueba. Entonces, en efecto, veo la puerta del señor Blaisten, sólida, opaca, con el número «5» y la letra «B» de latón sobre la superficie de madera, y comprendo que los síntomas de mi Desorden Neurológico de Procesamiento Sensorial de la Vista se han disipado, sin que mi plan haya siquiera llegado a lograr el grado de tentativa.

43

Procurando no hacer ruido, he utilizado un lubricante de grafito que llevaba en mi bolsa para aflojar los discos y los pernos de la cerradura de la puerta de Eduardo Blaisten. Con un palpador he comprobado la longitud de los fiadores y la distancia entre ellos, y he optado por usar una ganzúa de rastrillo en lugar de una ganzúa de punzón. La he introducido en la bocallave, y la he pasado con suavidad por los pernos fiadores una y otra vez, ayudado por una herramienta de tensión, hasta que he logrado girar el tambor de la cerradura y se ha abierto la puerta.

He entrado en el piso en estado de alerta, porque Blaisten podría haber abandonado el dormitorio. Sobre la bandeja de la mesa del recibidor he encontrado una nota manuscrita:

Eduardo,

No puedo más. Quédate con tus reproches y tus sutiles dobles sentidos, para ti tu perspicacia y la casi invisible recriminación del fondo de tus frases. Quédate con tu agotador análisis de todo lo analizable y psicoanalizable. Echaré de menos algunas cosas, pero seguro que menos de las que tú crees. Siempre me has dicho que hay que esperar a que se pase el enfado para tomar una decisión. Como ves, no lo estoy haciendo al escribir esta carta. Porque no me da la gana. Quédate también con tus consejos. Incluso con los buenos. A veces a una le gusta equivocarse. Quédate con tu Saeco Talea Touch, su puto molinillo de cerámica y su delicadísimo uso por las mañanas. Quédate con tu mantelería de raso y tu supercómodo sofá color marfil, que se manchan con sólo mirarlos. Quédate con tu tarima de nogal y el no poder andar por la casa con zapatos de calle. Quédate incluso con tu Panasonic gigante, tu selección de vinos, los *mi-cuit* de pato con sal Maldon, tu caviar iraní de beluga, tu pasta fresca hecha a mano y tus carnes argentinas importadas. He aprendido que no dan la felicidad. Quédate con todo menos con tu BMW X5. Tampoco encontrarás en su sitio el juego de maletas Samsonite, lo he usado para meter mis cosas en tu coche. Por cierto, que si vas a comprar otro juego al Corte Inglés de Goya, y luego de paso bajas al súper, te adjunto una lista de otras cosas que puedes necesitar:

Membrillo
Boniato
Cebollino
Besugo
Gallina
Cabrito

Cordero degollado
Pañuelos
~~Preservativos~~
Más pañuelos
Valium
Más pañuelos

Nunca más tuya,
MELAINA KOLH

De toda la nota que la amante de mi objetivo ha dejado sobre la mesa de la entrada antes de marcharse, sólo una cosa me ha causado verdadero desconcierto: su caligrafía de trazos angulosos, y con aspas ascendentes (en las bes, las eles y las tes) muy pronunciadas en comparación con la altura media del texto.

44

Desde muy niño, mucho antes de que le creciera su larga y boscosa barba, León Nikoláyevich Tolstói, como yo, como tantos otros, fue un hombre asediado por la mala suerte. Hijo de Nikolái Ilich Tolstói, descendiente de los condes Tolstói, que adquirieron su sangre aristócrata con el zar Pedro I El Grande, y de la princesa Maria Nikoláievna Volkonski, descendiente de los antiguos príncipes de Volkonski, como era de suponer quedó huérfano de padre y madre a edad muy temprana, abandonado a manos de sus incipientes trastornos neurológicos y de las bellaquerías y trastadas de sus cuatro hermanos. Los mayores, aprovechándose de su debilidad, cada vez que iban a salir a jugar después de la sobremesa, le decían que se quedara sentado en un rincón de la casa hasta el momento en que dejara de pensar en un oso blanco. Y allí permanecía el señor Tolstói durante horas, a través de los gélidos atardeceres de la región tártara, pensando compulsivamente en osos blancos y sin saber cómo dejar de hacerlo.

La enfermedad y sus fantasmas persiguieron al novelista ruso a lo largo de toda su vida, a pesar de sus cuidados, sus paseos matutinos de una hora y media, y su estricto régimen ovolactovegetariano. Las flaquezas de su cuerpo y su disposición natural a los pensamientos morbosos, lo hicieron protagonizar innumerables crisis, pese a las cuales —o puede que precisamente por ellas— era capaz de componer sus obras. Sufrió dolores reumáticos, úlceras gangrenosas, períodos de ansiedad, fatiga, pánico, e incluso una gonorrea, fruto de sus muchos escarceos amorosos, que él tomó por una devastadora sífilis. Tampoco le supuso un gran alivio el comportamiento de su señora esposa Sofía Behrs, que lo mismo salía corriendo medio desnuda por el bosque nevado, que amenazaba con arrojarse a un pozo, o con romperse el corazón a martillazos, o con envenenarse a base de opio y amoníaco, cada vez que Tolstói no satisfacía sus exigencias o le daba algún motivo de queja. Los años posteriores a la producción de *Ana Karenina*, tras el suicidio de la protagonista de la novela, el señor Tolstói cayó en una profunda depresión y mostró repetidas tendencias suicidas. En una obra posterior, *La muerte de Iván Ilich*, el señor Tolstói se esforzó en poner de relieve todas las vacilaciones características de un enfermo terminal, el desesperado recurso a la medicina alopática, a la medicina homeopática, y a los mágicos métodos alternativos, y también el dolor que, más allá del causado por la propia enfermedad, provocan en el acechado por la muerte la indiferencia y la dejadez de todas las personas de su entorno.

La madrugada del 10 de noviembre de 1910, a los ochenta y dos años de edad, León Nikoláievich Tolstói se escapó de su hacienda rural en Yasnaya Polyana, con un raído abrigo de pieles y un pequeño baúl con ropa blanca, pañuelos y unos cuantos libros. Con él también emprendía la huida el doctor Makovitski, por quien se hacía acompañar de un tiempo a esa parte, sobre todo desde que sus dolencias y episodios depresivos parecieron haber aumentado. Antes de marcharse, el señor Tolstói había dejado sobre la bandeja de la mesa de la entrada de la casa, dirigida a su señora esposa, una nota manuscrita:

> Querida Sofía,
>
> Mi partida te ofenderá, lo siento. Pero entiéndeme, no puedo obrar de otro modo. No puedo soportar vivir así por más tiempo, ora luchando contra ti y provocando tu irritación, ora sucumbiendo yo mismo a los placeres y las seducciones a los que estoy habituado y que me rodean. Por eso hago lo que haría cualquier persona normal a mi edad: retirarse de la vida mundana para vivir en paz y tranquilidad sus últimos días. Déjame partir. No me busques, ni te disgustes, ni me censures.
>
> LEV TOLSTÓI

El novelista ruso había escrito aquella carta de despedida en la que hablaba de sus últimos días hacía diez años. Desde entonces la había llevado consigo, junto con otros papeles, en el bolsillo interior de su abrigo, sin atreverse nunca —a pesar de que ya había huido de su mujer en dos ocasiones anteriores, en concreto desde que tomó la decisión de legar sus propiedades y los derechos de sus obras a los pobres, y no a los miembros de su familia— a hacer uso de ella.

Tras aquel abandono, transcurrieron varios días sin que se supiera nada del paradero de los dos prófugos. Hasta que el 14 de noviembre, a causa del esfuerzo, el señor Tolstói se vio asaltado por un penetrante dolor en un costado del tórax. El escritor se llevó la mano al pecho, palpando bajo su barba boscosa, y supo que aquélla era la verdadera enfermedad que acabaría con su vida. Le abordó la fiebre y una tos incontenible, hasta que el ataque de neumonía le hizo caer en redondo. Cerca de allí se encontraba la estación de tren de Astapovo. Un revisor y el doctor Makovitski transportaron al inconsciente señor Tolstói —como a una suerte de paquete-de-novelista-ruso— hasta la casa del jefe de estación. En un cuarto oscuro y miserable, tendido en un sobrio camastro tan duro como el suelo, el escritor agonizó durante seis días más. Poco antes de morir, su mujer llegó a la estación, pero el señor Tolstói no le permitió el paso. Sus últimas palabras fueron:

—Doctor Makovitski, en el bolsillo interior de mi abrigo guardo un sobre con mi testamento. A usted se lo confío. Sólo usted podrá lograr que Sofía no lo haga desaparecer.

45

13.32 DE LA TARDE. INTENTO DE HOMICIDIO CON ATENUANTE POR CONSENTIMIENTO DE LA VÍCTIMA.

Desde que he entrado en el piso de mi objetivo no he oído ruido alguno, ni sonido de pañuelos en el dormitorio, ni el más mínimo eco que insufle algo de vida a las habitaciones de la casa. Avanzo con sigilo por el pasillo principal, como ya hice en otra ocasión, poniendo especial cuidado en no sufrir un *déjà vu* provocado por lo parecido de las circunstancias. Según un equipo de investigadores de la Universidad de Leeds, el setenta por ciento de la población ha experimentado al menos una vez en la vida el fenómeno de creer que se está reviviendo algo ya vivido. Pero el *déjà vu* tiene su origen en una anomalía neuronal momentánea en los circuitos responsables de la memoria a corto plazo, que hace que la mente consciente tenga un ligero retraso en la recepción de los datos perceptivos, y por lo tanto que la mente inconsciente perciba el entorno antes que ella. Y como la debilidad de mi córtex cerebral es ya un hecho probado y yo no soy en absoluto un caso más de la estadística, todas las precauciones son pocas para no padecer este tipo de aberraciones neurológicas, que en el fondo quién sabe si pueden desembocar en otros desórdenes como la epilepsia del lóbulo temporal o como la propia esquizofrenia.

Voy dejando atrás la cocina y el despacho del señor Blaisten; luego, el salón con la televisión de plasma gigante, el primer baño, la habitación de invitados, y el trastero de cuyo altillo Melaina cogió las maletas para llevarse sus pertenencias. Con la mano izquierda sostengo la bolsa con mis cosas, que por ser de plástico no deja de susurrar en el aire, y con la derecha estoy sacando de ella el cuchillo con la hoja de acero de diecinueve centímetros de largo. A mi izquierda se encuentra ya el dormitorio. La puerta está abierta, y me asomo despacio, con el cuchillo alzado cogido del revés, como un asesino, y sin ningún pretexto que me exima de mi responsabilidad criminal. Sin embargo, en la habitación no hay nadie.

A la derecha queda el segundo baño, y es la única habitación en la que puede estar Blaisten, que por otro lado no puede haber salido del piso. Agarro el picaporte con la mano izquierda, mientras sujeto la bolsa entre los dientes, procurando no hacer ruido ni pensar en los gérmenes y en las manos sudorosas y sucias que pueden haber rondado esas asas, con el cuchillo aún alzado en la derecha. Giro el pomo con una lentitud imperceptible para el ojo humano no profesional. Y cuando consigo ver dentro, distingo a Blaisten sumergido en la bañera. En el suelo hay unas cuchillas que no se ha atrevido a usar, dada la ausencia de sangre en el agua, y una caja de Largactil ® 100 mg y otra de Sinogan ® 0.25 mg abiertas. La gente normal se suicida con somníferos ordinarios, pero se ve que el señor Blaisten, como psicólogo, tiene amigos que le permiten el acceso a los neurolépticos.

Me acerco a la bañera sin confiarme demasiado, y tropiezo con las cuchillas del suelo, que resuenan contra los azulejos de mármol que imitan la textura del bambú. Levanto mi cuchillo, alerta como un felino ante cualquier imprevisto que pueda surgir. Blaisten abre los ojos, me mira, y muy despacio, con la boca pastosa, me dice:

—Máteme ya de una vez, por Dios. Acabe conmigo.

Yo comprendo que, si acabara con la vida de Eduardo Blaisten en este momento, podría alegar su consentimiento como atenuante de una posible condena; y que si en lugar de rematarlo con mi cuchillo, esperase simplemente a verlo morir, de lo más que se me podría acusar es de un delito de omisión de socorro.

—No me digas cómo hacer mi trabajo.

—Pues hágalo de una vez.

Blaisten me ha contestado, pero no sabe que yo en realidad estaba hablando con mi hermano gemelo parásito, que nunca deja pasar una oportunidad de hacerme dudar en lo que hago y de jugarme las más diversas trastadas. Como tampoco puede saber que yo nunca me atrevería a tutear a un objetivo. El exceso de familiaridad nunca ha sido conveniente en el arte de mi oficio.

Después de pronunciar la última frase, la cabeza de Blaisten ha comenzado a hundirse en el agua, y ahora está por completo bajo su superficie. Acabar definitivamente con mi objetivo sería tan fácil como esperar unos segundos a que muriese por asfixia. Pero por mucho que lo pienso, por muchas vueltas que le doy, no veo ninguna razón que justificara entonces el cobro de los honorarios que me pagaron por adelantado, hace ya más de un año y dos meses, dentro de un sobre de papel vitela rotulado con una caligrafía de trazos angulosos y aspas ascendentes pronunciadas. Está claro que, por mucho que pueda seducirme la idea, si yo no asesinase de una forma activa a mi víctima, nada me haría merecedor de las retribuciones que hace tiempo guardo en la caja fuerte ubicada en mi domicilio en el punto X de Madrid. Y yo soy un hombre de moral kantiana.

46

Estamos en la sala de urgencias del hospital Gregorio Marañón. He traído al señor Blaisten en un taxi, caminando a duras penas apoyándose en mi hombro. Antes de salir de su casa, lo he forzado a vomitar mediante la irritación mecánica de la faringe con mis dedos índice y corazón. Luego le he preparado un termo de café cargado para evitar que se duerma. No me ha costado encontrar el paquete de café jamaicano Blue Mountain en la estantería de la cocina, pero en cambio he necesitado recurrir al manual de la cafetera Saeco, y diecisiete minutos de mi tiempo, para conseguir ponerla en funcionamiento. En el taxi, he tenido que abofetear a Blaisten en veintidós ocasiones. El taxista nos ha observado durante todo el trayecto por el espejo retrovisor interior, con los ojos muy abiertos, pero esta vez no ha preguntado nada.

Nos encontramos sentados junto al mostrador de urgencias en el que nos preguntarán los datos. Delante de nosotros hay una mujer que sostiene por el codo a un hombre mayor, que parece mareado.

—Dígame qué le ocurre —dice el enfermero, posando la

punta de un bolígrafo sobre un papel, y mirando el exacto lugar donde el papel y el bolígrafo se tocan.

—Resulta que este señor iba caminando por su acera, muy pegado a una obra, y una viga se ha soltado de una grúa y ha estado a puntito de darle —explica la señora.

—¿Qué tiene entonces?

—La viga ha caído al ladito, un poco más y le da en toda la cabeza.

—De acuerdo, señora. Y ahora, este hombre, ¿qué tiene? Síntomas.

—¿Que qué tiene? Pues que ha estado *a punto de matarse.*

—Bien —dice el enfermero, y escribe algo en el formulario—. No se preocupe, ya nos encargamos nosotros.

—Es que ha sido tremendo —prosigue la señora—. Para haberse matado, ya le digo. Ha estado a punto, a punto de matarse.

Cuando la señora y el anciano despejan el mostrador, agarro a Blaisten por debajo de los brazos, y haciendo acopio de mis pocas fuerzas consigo levantarlo de la silla.

—Gracias —farfulla—. Está usted hecho un toro.

—No hace falta que me provoque más —digo, muy serio—. Ya le he dicho que no voy a matarle en estas condiciones.

—Sólo he querido decir que está usted en buena forma. Quién se encontrara ahora tan bien como usted, con lo mal que me siento en estos momentos…

El señor Blaisten intenta desesperadamente forzarme a consumar su tentativa de suicidio. Pero yo soy un profesional, habituado a todo tipo de presiones, y cuando trata de provocarme ironizando sobre mi aspecto, o siendo condescendiente con mi mala salud y mi sinfín de enfermedades, yo no le presto ninguna atención, como si me asaltara un acceso de la Afasia de Wernicke y no pudiera entender nada en absoluto de lo que me dice. Así que me limito a hacerle avanzar unos pasos hasta el mostrador, con la esperanza de que se recupere pronto y poder acabar de una vez con su vida, cuando no se esté muriendo solo, cuando me haya olvidado de sus impertinentes provocaciones, y no incumpla el principio de no matar a nadie por placer.

El enfermero me pregunta qué le ocurre al señor Blaisten, y yo le respondo que sufre una sobredosis de barbitúricos. De inmediato, nos dan paso al interior del edificio y un médico y un enfermero con una silla de ruedas vienen directamente a recogernos. Eduardo Blaisten es uno de esos tipos. Uno de esos tipos que llegan a una sala de urgencias, cuando tú llevas allí más de tres horas, muriéndote sobre una hilera de sillas de espera, dice que ha tenido una alergia a algún medicamento, y pasa delante de todos los que estábamos en cola desde primera hora de la mañana.

Caminamos por un largo corredor con olor a lejía, alcohol etílico y desinfectante, y de repente el médico me agarra la bolsa con mis cosas, sin pedirme permiso, y dice:

—Ah, bien. Veo que ha traído los medicamentos que ha ingerido.

—No —le contesto—. Ésas son mis medicinas.

Y le quito la bolsa de las manos de un zarpazo, antes de que extraiga y husmee cada una de las cajas. Vuelvo a colocar todo en su sitio, la caja de Ultram ® 100 mg, la caja de Compazine ® 5 mg, la caja de Eulexin ® 250 mg, la caja de Pepcid AC Maximum Strength ® 20 mg, la caja de Cardizem ® 240 mg, la caja de Feldene ® 500 mg, la caja de Valtrex ® 500 mg, la caja de Xanax ® 1.0 mg y la caja de Prozac ® 60 mg, sin llegar a entender por qué ahora el médico permanece mirándome a los ojos, con los suyos muy abiertos y tratando de interceptar la trayectoria desviada de los míos. No sé a qué viene tanta alarma, si es imposible que sepa que todas las recetas con las que consigo mis medicamentos son falsificadas, si las ganzúas y los instrumentos de forzar puertas han quedado en la parte de debajo de la bolsa y no ha llegado a verlos, y si hace más de una hora que me desprendí del cuchillo con la hoja de acero de diecinueve centímetros de largo en una papelera de Claudio Coello.

El señor Blaisten me tira de una manga. Me acerco a él, inclinándome un poco a la vez que me aproximo, arriesgándome a sufrir un ataque de lumbalgia, o incluso a causarme algún tipo de hernia abdominal. Cuando mi oído está junto a su cara, murmura:

—Es usted muy conocido por aquí.

Lo ha dicho porque desde que entramos en el hospital me han saludado dos médicos, dos enfermeras, un enfermero y una asistenta de limpieza. Yo le he contestado que hace tiempo solía venir a este hospital, pero ya no. He sido muy parco en palabras, porque no quería dar lugar a hablar del tema. Sin embargo, cuando llegamos a la sala donde le van a practicar el lavado de estómago a Blaisten, dos jóvenes médicos que están de pie al lado de la puerta, y que parecen muy divertidos, me preguntan:

—¿Qué fue? ¿Niño o niña?

47

A lo largo de su vida, François-Marie Arouet, más conocido por el sobrenombre de Voltaire, fue atendido por los mejores médicos de toda Europa occidental. Le diagnosticaron con acierto viruela, gripe, erisipela, neumonía, hipertrofia prostática y ataques apopléticos; pero ninguno de aquellos supuestos especialistas en el cuerpo humano le supo detectar la gota, el reumatismo, la bronquitis, el origen inopinado de sus fiebres, de su escorbuto o de sus trastornos gastrointestinales, enfermedades todas que él sintió desde su más temprana infancia hasta los mismos días de su muerte.

Como el espíritu sensible que era, fue un hombre perseguido por la misma mala fortuna que nos ha hostigado desde siempre al selecto atajo de los malditos por las leyes del azar. A pesar de los esfuerzos de los doctores de la ciencia médica, y del empeño que el propio señor Voltaire invirtió en curarse, nunca consiguió librarse de las afecciones que le atormentaban, y las 21.000 cartas de su puño y letra que aún hoy se conservan están llenas de incalculables y continuas alusiones a su estado de salud.

En noviembre de 1723, a los veintinueve años de edad, durante la epidemia que asolaba Francia, el señor Voltaire contrajo unas viruelas que le obligaron a redactar su primer testamento. Las enfermedades y los testamentos se siguieron, aunque, por una suerte de milagro, el filósofo continuaba vivo, como un raro y singular coleccionista de dolencias. En enero de 1751, Voltaire escribió al conde D'Argental desde la Corte de Prusia, lamentándose por haber ido a morir a trescientas leguas de distancia, y en la carta afirmaba acumular ya cuatro enfermedades mortales. Por aquel entonces, es cierto que padeció al menos un malestar que lo mantuvo en cama durante casi seis meses, y dañó sus encías hasta el punto de que se le comenzaron a caer los dientes. El señor Voltaire, adivinando una vez más la inminencia de su muerte, se sometió a un estricto tratamiento a base de antiescorbúticos, jarabe de pelícano y extracciones. Sus males no hicieron sino aumentar, y en cuestión de dos años perdió todos los dientes superiores y la mayoría de los inferiores.

Después de aquella experiencia con los dientes, el señor Voltaire llegó a la conclusión de que la medicina no es más que un arte consistente en entretener al paciente mientras la naturaleza cura su enfermedad. Y a partir de entonces se negó a seguir sometiéndose a las indicaciones de los médicos. No obstante, dado que como cualquier persona era incapaz de resignarse al dolor, efectuó sus propias indagaciones y diagnósticos, y se automedicó con profusión: tomaba purgantes de dos a tres veces por semana, se aplicaba constantes enemas de jabón, e ingería pócimas capaces de acabar con cualquier bacteria alojada en un estómago humano.

El señor Voltaire pasó la primera mitad de su vida rodeado de médicos que probablemente agravaron sus dolencias. Y la segunda mitad rodeado de medicinas que acaso paliaran su sufrimiento, o que por el contrario puede que sólo funcionaran como meros placebos. En estos últimos años, en los que solía dejarse ver con una coqueta peluca rizada, todavía resentido con el gremio médico, a todo aquel que se prestara a escucharlo, el filósofo le aseguraba con su sonrisa filosa y desdentada:

—Por mucho que lo pienso, por muchas vueltas que le doy, no conozco nada más risible que un doctor que no se muere de vejez.

Y ciertamente debió de ver morir a muchos médicos, a casi todos los que le atendieron cuando era joven, porque el señor Voltaire acabó llegando, achacoso y agonizante, horadado por todas las afecciones, a los ochenta y cuatro años de edad.

Fueron necesarios doscientos trece años más para que el doctor Philias R. Garant, profesor del Departamento de Periodoncia e Implantología de la Universidad de Nueva York, en un artículo publicado en la revista *Quintessence*, resolviera el enigma de los dientes de Voltaire. La conclusión a la que llegó el doctor Garant fue que el señor Voltaire, paciente de tantas enfermedades y conejillo de Indias de tantos médicos, había sido víctima de una intoxicación por mercurio, cuyos efectos eclosionaron cuando cumplió los diez lustros. En los siglos XVI, XVII y XVIII, el mercurio se aplicaba en la piel mediante masajes, o era directamente ingerido, como tratamiento de la sífilis, una enfermedad infecciosa que durante un tiempo el filósofo francés también creyó tener.

Al menos en una ocasión un médico ha servido para algo.

48

El embarazo imaginario no es algo como para tomárselo a broma. No es nada de lo que burlarse, ni que pueda parecer divertido a nadie, y mucho menos a un profesional de la salud. Se trata de un trastorno somatomorfo, que tiene su origen en anomalías neurológicas en la zona cerebral responsable de la interocepción, y que conlleva dolencias somáticas múltiples en diversos sistemas orgánicos, incluidos algunos que se encuentran bajo el completo control del sistema nervioso vegetativo. Un trastorno somatomorfo puede afectar a sistemas como el cardiovascular, el gastrointestinal o el respiratorio. Y si su causa última se encuentra en una efectiva alteración fisicoquímica a nivel cortical, no entiendo por qué razón puede mover a la risa.

El síntoma más llamativo del embarazo imaginario es el aumento del volumen abdominal, originado físicamente por una posición arqueada y por la distensión de los músculos del abdomen. Este síntoma se acompaña de la vívida sensación de movimientos fetales en el interior del vientre, de náuseas, de mareos matutinos y de vómitos, pudiéndose llegar incluso a sufrir constipaciones y aberraciones del apetito. El aumento de peso puede llegar a ser incluso mayor que en los embarazos reales, y los niveles hormonales de gonadotropina se disparan.

El trastorno del embarazo imaginario es más frecuente en las mujeres, pero que sea una dolencia menos habitual en los hombres, que los afectados sean los integrantes de una rara minoría, debería ser precisamente una razón más para sensibilizarse ante su mal, y no para dar rienda suelta a la chanza y a las mofas de mal gusto en la puerta de una sala en la que se va a aplicar un lavado de estómago.

En el hombre, la función secretora de las mamas está atrofiada, por lo tanto las alteraciones —el aumento de la turgencia y del tamaño de las papilas, el cambio de la pigmentación de los pezones, y el vano intento de secretar leche— se hacen aún más dolorosas. Sin contar con que se puede llegar a sentir al milímetro el ablandamiento del cuello uterino que no se tiene, y el aumento del volumen del peritoneo y de las paredes del cuerpo del útero. La ausencia de flujo menstrual puede llegar a ser tomada por el paciente masculino como la genuina amenorrea fisiológica inherente al embarazo.

Los obstetras más experimentados han confundido embarazos imaginarios con embarazos reales, contando con la sola pista externa de que en estos últimos el ombligo crece invertido hacia fuera hasta brotar como una flor. En el caso del embarazo imaginario de un hombre, el obstetra dispondrá de algunas otras pistas, pero ninguna de ellas puede ser tomada como concluyente, porque, como todas las apariencias, ésas también pueden resultar ser engañosas.

49

Hasta donde mi memoria alcanza a recordar, mi relación con los médicos comenzó un 4 de abril de 1971. Entré a la clínica de aquel odontólogo como un niño sano y feliz, y salí con un diagnóstico de frenillo de labio inferior traccionante e insuficiente banda de encía queratinizada, con la sensación de que perder todos mis dientes era ya sólo una cuestión de tiempo, y sin ser capaz de volver a sonreír jamás. Luego, mi cuerpo transido de enfermedades me ha obligado a depender de los médicos allá donde estuviera. Conozco todos los complejos hospitalarios de Madrid, los hospitales universitarios y las clínicas privadas, los centros sanitarios de distrito y los laboratorios de análisis clínicos, los médicos de cabecera, los médicos especialistas, las salas de urgencia y las farmacias.

Al principio, la relación con el personal de la salud pública es siempre cordial. Cuando yo era aún un ingenuo y poco experimentado joven de rodillas huesudas, en mis primeros reconocimientos me sentía escuchado, observado, palpado, explorado, y hasta diagnosticado y recetado con acierto. Pero con el tiempo, ese trato se va invariablemente deteriorando, y en las salas blancas y asépticas de los edificios de prevención y tratamiento de la salud todo se acaba volviendo mecánico, precipitado, frío, y, por último, inefectivo. Ya no alcanzo a calcular cuántas veces he entrado en la consulta de un doctor, otrora eficiente, que tras prestarme unas pocas semanas de atención, acababa convirtiendo su oficio en una vulgar tarea de autómata. Buenos días, me decían. Tome esto y esto otro, me decían. Ya veremos cómo va. Vuelva otro día... Pero lo que ninguno de ellos entendió es que yo no puedo ser tratado como los demás, porque yo no soy un enfermo como los demás. Yo soy una suerte de milagro médico, como en un futuro ya no lejano el análisis forense de mi cuerpo revelará ante los asombrados ojos del mundo. Yo necesito que el doctor trate de comprenderme, que trate de entender la excepcionalidad de mi caso, que prescriba todos los análisis tecnológicamente posibles, sin desechar los más insólitos o improbables, porque nunca se sabe qué tipo de extraordinaria afección puede atacar un organismo único como el mío, que es como un imán para todos los desórdenes e infecciones. Yo lo que demando de un doctor es que pueda emplear horas en atenderme, sin importarle que haya acabado su jornada de trabajo, porque lo que tiene delante de sí es lo más trascendental y sorprendente que ningún médico pueda nunca haber observado; que no le importe tener que irse para cenar, y que si fuese necesario se venga a cenar conmigo a algún restaurante y seguir allí conversando sobre la infinita lista de mis enfermedades. ¿Es eso pedir demasiado? ¿No ofrezco yo suficiente a cambio, todo un filón de excepciones anatómicas, fisiológicas y neurológicas que explorar y en las que aventurarse?

El último médico de cabecera que tuve, en una ocasión en la que lo llamé a su casa, porque me había sobrevenido un ataque agudo de gota en mitad de la noche, que se me manifestó en el dedo gordo del pie derecho y en mis ya hinchadas rodillas, me dijo desde el otro lado de la línea:

—Por Dios Bendito, ¿quiere dejar de llamarme a todas horas, señor Y.? Mire, le daré otro número de teléfono. Apunte. Novecientos uno. Doscientos cuarenta y dos. Seiscientos veintiséis. ¿Lo tiene? Es una empresa funeraria, seguro que le presta mejores servicios que yo.

Desde entonces tomé la decisión de no seguir sometiéndome a las indicaciones de los supuestos especialistas en el cuerpo humano. Mi relación con los médicos, sin duda debido a un capricho de la providencia, ha corrido paralela a la del señor Voltaire, siguiendo incluso un análogo orden en los distintos estadios de mi vida. Hace años que realizo mis propias indagaciones y pronuncio mis propios diagnósticos y tratamientos. La medicina es sólo el arte de entretener al paciente, y yo diría que a expensas de socavar su estado de ánimo y lo poco que le quede de su buena salud.

En el año 1998, la Asociación Psiquiátrica Norteamericana y el Centro de Investigación y Políticas para la Salud diseñaron un estudio de los efectos que tres tipos de tratamiento distintos tenían sobre una población de cuarenta sujetos, de dieciocho a sesenta años, con un diagnóstico de depresión. Los sujetos fueron divididos al azar en tres grupos, a cada uno de los cuales se le asignó un tratamiento diferente durante un período de noventa días. Al grupo A se le administraron 20 miligramos de fluoxetina al día, sin sesiones de psicoterapia. Al grupo B una sesión de psicoterapia por semana, sin ningún complemento farmacológico. Y al grupo C se le administraron distintos tipos de placebos y una consulta semanal sin psicoterapia. El resultado del estudio no dejaba lugar a dudas: transcurrido el período de tratamiento, y el margen necesario para que se asentaran los efectos, los grupos A, B y C mostraron los mismos índices tanto de recaída como de restablecimiento.

Los enfermos sanan, mueren o siguen como están sin que la medicina haga nada por ellos. Por lo tanto, de la ciencia médica hay que fiarse poco más o menos lo mismo que de las estadísticas.

50

Estoy delante de la puerta de la sala donde le están practicando el lavado de estómago a Eduardo Blaisten. Ahora lleva treinta minutos ahí dentro, así que supongo que lo habrán colocado en posición decúbito lateral izquierdo, le habrán introducido un tubo por la boca, y le habrán instado a tragar de forma que la sonda se guíe hacia el estómago. Un acto reflejo involuntario habrá hecho al líquido salir expulsado hacia el exterior. Habrán colocado entonces la sonda por debajo de la altura a la que se encuentra el señor Blaisten, de forma que se vacíe parte del contenido de su estómago. Luego los médicos o enfermeros habrán elevado la sonda, y a través de un embudo habrán vertido suero salino para provocar de nuevo los movimientos propios del vómito. Entonces, otra vez habrán bajado el embudo y vuelto a vaciar. Y así hasta veinte veces más, hasta que en el estómago de mi objetivo no quede ni rastro de Largactil ni de Sinogan. También es probable que le hayan suministrado suero glucosado, y algún medicamento para mantener la tensión arterial, y eso dado el caso de que no hayan surgido otras complicaciones.

Cuando la puerta de la sala se abre y me permiten entrar, oigo al médico decirle a Blaisten:

—Sé que ahora no se encuentra en su mejor momento. Pero todo pasará y pronto estará mejor. Y esto es también válido para su estado de ánimo. Así que sea fuerte, ponga de su parte, y procure no saltar por las ventanas.

El médico sale de la habitación. Me acerco al señor Blaisten y le ofrezco mi pañuelo. Lo acepta, y sin dudarlo comienza a sonarse con fuerza. Se podría pensar que intenta llorar, o lamentarse de algo, pero no parecen quedarle lágrimas que enjugar.

—Voy a sentarme aquí. Tengo que reposar mi pie derecho —digo, por decir algo.

—¿Qué le ocurre en el pie? —me pregunta mientras me siento.

—Ya sé que llama la atención. Ya lo sé. Pero al menos soy afortunado de no sufrir el gigantismo más que en esta parte del cuerpo.

—¿Gigantismo, dice?

—Sí, mire —le indico, un poco harto de los intentos de Blaisten de provocarme. Y me quito el zapato y el calcetín del pie derecho.

—¿Está hinchado? —insiste, mirando mi pie desnudo.

Me descalzo el pie izquierdo, levanto las dos piernas, y sitúo ambos pies el uno junto al otro delante de su cara.

—¿No lo ve? Uno es más grande que el otro.

—Sí, es verdad —reconoce Eduardo Blaisten—. Éste, ¿verdad? Éste está más hinchado.

Luego, se lleva el pañuelo a la cara y comienza a sorber y a sonarse, mirando la esquina del fondo de la habitación. Pasamos diecisiete minutos en silencio.

—A usted no le afecta nada, ¿verdad? —me dice después—. No sabe cómo le envidio. A mí me gustaría estar siempre así, impasible. Desde que era un niño siempre me han dicho que era muy sensible. Mi madre, las maestras…

—Yo soy un espíritu sensible —contesto.

—¡Sí, ya! —dice Blaisten, y rompe a reír como un loco.

Permanece riéndose durante casi tres minutos como antes lloraba, con pequeños hipidos y un énfasis un tanto impropio. Luego añade:

—Eso es lo que a mí me gustaría, que las cosas no me afectaran. Poder vivir con verdadera independencia de las circunstancias, de los accidentes. Como usted. Por encima del bien y del mal. Pero soy humano, demasiado humano.

El señor Blaisten se ha recostado hacia atrás, y ahora parece haber entrado en un estado de somnolencia. Al verlo así, echado en su cama articulada, indefenso, y después de haber hecho una referencia encubierta al libro para espíritus libres del gran filósofo alemán Friedrich Wilhelm Nietzsche, por primera vez, me compadezco. Pienso en mi propio eterno retorno de lo mismo, en escapar de este bucle en el que estoy atrapado, y por un momento tengo la tentación de hablarle del parecido casi idéntico que advertí entre la letra de la nota de despedida de su amante y la del sobre de honorarios con el que me pagaron por adelantado. Pero no lo hago, por no despertarle. El señor Blaisten necesita descansar. Lo que sí hago, apenas salgo de la habitación, y busco refugio detrás de una máquina expendedora, es sacarme el sobre del interior de mi abrigo, y tachar el nombre que corresponde a las iniciales M. K. del primer folio de mi testamento. Por si acaso se diera la circunstancia de que me muriera en este instante.

51

Marcel Proust tenía un bigote lacio y oscuro como el de los hermanos Goncourt. Probablemente se lo dejó crecer cuando era un joven enfermo de literatura vagando por los tugurios de París, en parte para distraer la atención de su gran cabeza con forma de huevo, y de los dos huevos con forma de ojo que escondía bajo sus párpados.

A medida que cumplía años, el señor Proust fue reuniendo un amplio repertorio de afecciones, entre las que sobresalían, según la frecuencia de sus quejas, la rinitis alérgica, el asma, y la depresión que le sobrevino tras la muerte de su madre. Estas nuevas enfermedades recluyeron al señor Proust en el número 102 del boulevard Haussmann de París. En este último domicilio, el escritor hizo cubrir las paredes de su habitación con láminas de corcho para aislarse del ruido, y siempre mantenía las dos ventanas dobles atrancadas con postigos y traviesas, para evitar la entrada de la humedad, del polen y de cualquier tipo de sonido proveniente del exterior. Y allí permanecía el señor Proust durante los períodos de composición de sus obras, dando vueltas en la habitación de un lado a otro, con el abrigo puesto sobre el pijama aun dentro de la casa, para prevenir las recaídas; cuando no le asaltaban sus crisis de sudor y escalofríos, y se mantenía recostado sobre dos grandes almohadones, con botellas de agua caliente en las piernas y con la estufa encendida. Nunca faltaban en su mesita de noche sus pastillas de veronal y de cafeína, para sacar el máximo partido a las horas de sueño y de vigilia, y la habitación se encontraba invariablemente entre tinieblas por el humo de sus vaporizaciones.

El señor Proust no soportaba los perfumes, naturales o artificiales, ni las flores, porque le exacerbaban sus ataques de asma, y toda la relación que tenía con las plantas era a través del cristal de las ventanas. Cuando se secaba la nariz con uno de sus pañuelos, sin llegar siquiera a sonarse con él, lo tiraba al suelo, de forma que siempre estaba rodeado por una legión de lienzos blancos a modo de una bandada de pájaros. En una ocasión, una tarde fragante con el cielo bajo y anubarrado de 1914, el señor Proust envió a su sirvienta a comprar un fardo de los mejores y más finos pañuelos que fuese capaz de encontrar. Unas horas después, como la sirvienta notara que los pañuelos con los que había regresado, a pesar de ser elegantes y de buena calidad, tenían un tacto rígido, se los mostró al escritor con prudencia y simulando no haberse percatado. El señor Proust dijo:

—Estos pañuelos no sirven, Céleste. Jamás los utilizaré. Puede hacer usted con ellos lo que quiera.

La criada trató de defender su adquisición.

—Pero, señor Proust, estos pañuelos están nuevos. Una vez que los haya lavado y planchado por primera vez, perderán su apresto.

Alentada por el silencio con el que el señor Proust respondió a sus explicaciones, la señora Albaret lavó el hatillo de nuevos pañuelos, los planchó con sumo cuidado, y tres días más tarde los mezcló con el resto. En el mismo momento en que el señor Proust se tropezó con el primero de aquellos pañuelos, la hizo llamar.

—Céleste, ya le dije que yo no puedo usar estos pañuelos. Le ruego encarecidamente que entienda que no se trata de ninguna manía ni de ningún capricho. Estos pañuelos no son lo bastante suaves, y me producen un cosquilleo en los orificios nasales que me hace estornudar. Algo en absoluto beneficioso para mi asma.

Céleste Albaret, con sabiduría de ama de llaves, intentó en tres ocasiones más hacer valer su compra, lavando una y otra vez los pañuelos con sustancias suavizantes, planchándolos, y barajándolos entre las pilas de los viejos. Al fin, harto de que su sirvienta no entendiera nada, y tratase con condescendencia y desdén sus enfermedades, el señor Proust tuvo que acabar haciendo trizas él mismo los pañuelos con la ayuda de unas tijeras de costura.

Y es que, por encima de todos aquellos pequeños detalles, Marcel Proust podía intuir, con la visión clara y distinta de los espíritus sensibles, la silueta de la muerte abatiéndose sobre él. Podía sentir sus bronquios como una goma quemada, su corazón —desgastado por el esfuerzo de tratar de procurarse un poco de aire durante tanto tiempo— como un músculo sin fuerza. Un día tras otro, a través de los decadentes atardeceres parisinos, así se lo intentaba hacer saber a su sirvienta, la señora Albaret.

—Céleste, la muerte me persigue. Me pisa los talones. Ya no me queda tiempo. No dispongo de ningún tiempo.

Ella, con paciencia de lacaya, escuchaba y sorteaba la situación como podía.

—En cualquier caso, señor Proust, ésa no es razón para estar hablando todo el rato de la muerte. De esa forma sí que nunca terminará su novela.

Durante tantos años el escritor francés estuvo anunciando que se iba a morir, que ya ni amigos, ni críticos, ni editores, ni lectores, lo creían. Pero, sin embargo, a pesar de sus suspicacias y escepticismo, finalmente el señor Proust se murió. Un 18 de noviembre de 1922. Cuando ya nadie lo creía, se murió. Su médico, el doctor Bize, dijo que de un ataque de bronquitis. Es sabido que fue de vértigos, de otitis, de uremia, de gripe, de parálisis facial, de infarto al corazón, de un tumor cerebral, y por no haber sido capaz de encontrar el tiempo perdido.

A lo largo de todos aquellos años perseguido por su mala fortuna, el señor Proust nunca tuvo miedo a las enfermedades. Lo único que temía, como yo, era morir antes de haber terminado su obra.

52

Han transcurrido dos horas desde que el señor Blaisten entró en su estado de somnolencia. Son las 18.42 y ya hace tiempo que ha anochecido. En el hospital, las pocas visitas que quedan hablan en voz baja, formando corrillos, y miran hacia el suelo. En cambio los médicos hablan en voz alta, y todavía con más ímpetu los enfermeros y enfermeras. En los pasillos persiste el olor a lejía y a desinfectante, pero el olor a alcohol etílico está siendo reemplazado poco a poco por el de los antibióticos y las bandejas con preparados de comida aséptica. Estoy delante de la puerta de la habitación de Eduardo Blaisten, porque antes quise comentarle algo y no lo hice. Así que, aprovecho que una enfermera acaba de entrar para colarme dentro.

—Es libre de irse a su casa cuando quiera —me dice Blaisten cuando me ve con el rabillo del ojo, sin mover apenas la boca—. ¿O está aquí por trabajo?

—Quería decirle algo.

—Pues dígamelo. Y márchese.

El señor Blaisten ahora parece enfadado, pero yo no recuerdo haberle hecho nada que no le hubiera hecho ya antes.

Dudo durante casi un minuto acerca de cómo empezar mi explicación. No estoy acostumbrado a hablar de estas cosas. A hablar, en general.

—Hace un rato me dijo que a mí no me afectaba nada, que no era sensible a las circunstancias.

—Eso dije.

—No es así, yo soy un espíritu sensible.

—Creo que ya ha agotado esa broma.

—Lo que ocurre es que doy esa impresión porque sufro una parálisis facial.

El señor Blaisten gira la cabeza hacia mí y me mira, con una ceja fruncida y la otra alzada. Me observa con detenimiento y me dice:

—A ver, hable.

—Tengo el Síndrome de Moebius. Es una enfermedad extremadamente rara, que tiene su origen en un desarrollo defectuoso de los núcleos de los nervios craneales sexto y séptimo. Lo que provoca la parálisis de los músculos faciales y oculares, los que controlan tanto el parpadeo como el movimiento lateral de los ojos.

—No noto nada.

—Se trata de una compleja anomalía congénita. Por su culpa no soy dueño de las expresiones de mi rostro, y por eso puede dar la sensación de que las circunstancias no me afectan. Mi cara es como una rígida máscara esculpida en mármol. Habrá notado que soy incapaz de sonreír, que tengo los párpados caídos, y que padezco estrabismo. Todos ésos son sus efectos.

—Yo no he notado nada.

—Este síndrome fue descrito por el doctor Moebius en 1892, un médico y psiquiatra alemán nacido en Leipzig, una ciudad sajona que crece arropada por el último tramo del río Weiße Elster…

—Cállese ya, por Dios. ¿Era eso todo lo que me quería decir? Por un momento pensé que me iba a contar algo más interesante. Como, por ejemplo, las razones por las que quería matarme.

—También quería contarle algo en relación a eso —digo.

Pero cuando me dispongo a hablarle al señor Blaisten acerca del parecido casi idéntico que existe entre la letra de la nota de despedida de su amante y la del sobre con el que me pagaron por adelantado, entra en la habitación un miembro del personal del complejo hospitalario Gregorio Marañón, y pregunta en voz alta:

—¿Mario Yurkievich?

—Por favor, un poco de discreción —le reprendo, agarrándolo por el codo con todas las fuerzas que soy capaz de reunir, y tirando hacia abajo.

—Pero ¿qué dice? ¿Qué le ocurre?

—Derecho a la confidencialidad —le susurro al oído—. Ley General de Sanidad, artículo diez, punto tercero.

—¿Señor Yurkievich? —me susurra ahora él a su vez.

—Sí, dígame —le digo yo muy bajito.

—Está todo preparado para la biopsia del bulto en el cuello que solicitó. Tiene que venir conmigo.

—Está bien —murmuro, y luego en voz alta le digo a Blaisten—: Será sólo un momento.

53

Estoy en la sala donde me van a practicar la biopsia incisional, recostado en un asiento muy parecido a un sillón de dentista, y la habitación vuelve a oler a lejía y a agua oxigenada, como aquella primera vez.

Tengo la vista velada por unas gasas que me han colocado sobre la cara, y por el efecto de la anestesia que me han inyectado en el cuello. En una biopsia incisional se corta o se extirpa quirúrgicamente un trozo de tejido blando o de tumor, para luego poder examinarlo bajo la lente del microscopio. Si es una biopsia de piel, como en mi caso, se realiza con una cuchilla cilíndrica hueca, que extrae una muestra de dos a cuatro milímetros de diámetro, una vez que se ha aplicado la anestesia local. Tras la intervención, con probabilidad necesitaré un punto de sutura.

Le he dicho al cirujano que tenga mucho cuidado al elegir dónde cortar, porque no quiero que por error mate a mi hermano gemelo parásito. Le explico que me encuentro atrapado en un gran dilema moral, porque no quiero tener que elegir una vez más entre mi vida y la de mi propio hermano; pero de un tiempo a esta parte, mi atrofiado gemelo no ha hecho más que crecer y engordar, y no deja de darme pataditas y zarpazos en el cuello, como los bebés nonatos, y siento que comienzo a caminar torcido hacia un lado por el peso. Por las noches, durante las largas horas de insomnio y soledad, me inquieta la idea de que pueda seguir creciendo y creciendo y creciendo, hasta hacerse casi tan grande como yo, y que sea él quien acabe tomando el control de mi cuerpo. De hecho, no son ya pocas las veces en las que tengo la impresión de ser dirigido por esa vocecita interior, tan pegada a mí como la «a» y la «e» del propio *dæmon* socrático.

Es por eso que en estos precisos instantes, cuando me vence el agotamiento de esta interminable jornada, cuyos acontecimientos mi debilitada memoria no acierta siquiera a ordenar, y el efecto de la anestesia me hunde en una espiral de dulce somnolencia, y las voces de los médicos me acunan según las siento alejarse, no puedo evitar que la última sensación que me asalte sea la de que, en realidad, ha sido él, mi hermano, quien ha citado aquí a los médicos, quien ha organizado esta trampa, quien me ha traído hasta esta sala embaucado con engaños, para extirparme.

54

No estoy dormido, porque la maldición que cayó sobre mí hace más de ocho años condena mi sueño con una muerte segura. Pero puedo ver ante mis ojos, con una nitidez clara y distinta, un amplio jardín cuya hierba es de láminas de algodón, y cuyas rosas, todas amarillas, están encerradas en herméticos cilindros de cristal. En el centro del jardín se reúne una multitud de Grandes Hombres. No puedo estimar cuántos son los espíritus sensibles que departen con indolencia, entre exquisitos modales y suaves maneras, intercambiando profundos comentarios sobre la vida y la muerte, en el corazón de este blanco atardecer. Pero ahí están, entre otros, el señor Kant, el señor Poe, los señores Goncourt, el señor Swift, el señor Descartes, el señor Byron, el señor Coleridge, el señor Tolstói, el señor Voltaire, el señor Proust y el señor Molière, con sus abrigos puestos y abotonados hasta el cuello. Alrededor de ellos, dibujando un círculo y capitaneados por el señor Lampe, un análogo número de sirvientes ofrece canapés de soja y tazas de té verde, servidos con guantes de polietileno y mascarillas quirúrgicas. De fondo creo oír las notas bufas de *L'equivoco stravagante* del señor Rossini.

De improviso, en el idílico vergel algodonado se hace el silencio, cesa la música y el murmullo de la conversación de los prohombres, y todos miran en la misma dirección. En un ángulo del jardín hay un cenador circular vestido por plantas trepadoras entre las que se enredan flores de adormidera. Sobre su tribuna, frágil y contrahecho, aferrado a la balaustrada y exhibiendo toda su deformidad, se encuentra el mismísimo Joseph Merrick, El Hombre Elefante, con su cabeza minada de abolladuras y protuberancias, y un color metalizado extendiéndose por toda la superficie de su piel. El señor Merrick, a modo de saludo, inclina su frente abultada, y todos los comensales responden con un solemne movimiento de sus grandes cabezas sobre sus estrechos hombros. Luego, el señor Merrick se lleva la mano a su hipertrófico costado izquierdo, como si hubiese sentido una punzada repentina, y el señor Kant, el señor Descartes, y el señor Proust, se palpan al unísono la equivalente zona de las costillas. El señor Merrick contrae trabajosamente su pierna derecha, como para dejarla descansar, y los señores Goncourt, el señor Byron, y el señor Coleridge, flexionan sus piernas derechas y frotan sus rodillas. El señor Merrick tose, y todos juntos comienzan a toser.

En la ceremonia se respira un aire de admiración y respeto reverencial. Y, sin embargo, antes de que ninguna de aquellas mentes preclaras haya podido intuirlo, quien era objeto de tal admiración súbitamente ha señalado con el dedo índice enhiesto a todo el séquito de pensadores, y ha rugido:

—Vosotros, impostores.

Un rumor breve y entrecortado ha recorrido a la audiencia. Y el señor Merrick ha proseguido:

—Quejosos y lastimeros. Melindrosos y resentidos solterones. Vosotros que gemís como plañideras. ¡Sois todos unos farsantes!

Ninguno de los allí presentes puede dar crédito a lo que están oyendo sus oídos. Como tampoco yo mismo. Incluso a pesar de la máscara de papilomas verrugosos en forma de coliflor que le cubre la cara, puede apreciarse que el señor Merrick está muy enfadado. No entiendo a qué viene este ataque gratuito que ha iniciado contra nosotros. Es algo a todas luces injusto. El señor Merrick está arremetiendo precisamente contra nosotros, espíritus sensibles como él, con una crueldad cuyas razones de verdad no alcanzo a comprender.

—¡Miradme, esto es la enfermedad! —añade a continuación, mostrando sus malformaciones—. ¿Por qué no dejáis por un minuto de pensar que vuestro cuerpo es la medida del mundo, y empleáis el don de vuestra imaginación sólo para lo que os ha sido concedido?

No estoy dormido, porque yo nunca duermo. Pero en este momento puedo hacer que la ópera del señor Rossini vuelva a sonar de fondo, y que los señores comensales se giren y den la espalda al cenador circular desde el que nos increpa El Hombre Elefante. Y también puedo coger a quien nos arenga por el cuello del abrigo, elevarlo con cuidado por los aires, y depositarlo en otro jardín lejos de allí, en un jardín distinto al nuestro. Y luego, una vez que lo he hecho y todo ha recuperado su atmósfera de apacibilidad, me saco mi libreta del bolsillo interior del abrigo, y tacho el nombre de Joseph Merrick de mi lista de Grandes Hombres. Aunque, eso sí, lo dejo todavía en la lista de espíritus sensibles y en la lista del atajo de infelices víctimas del infortunio.

55

He abierto los ojos y estoy en una cama articulada. Una cama articulada paralela a la del señor Blaisten, que me mira, serio.

—Lo han traído aquí porque, como llegamos juntos y ha sido mi única visita, han pensado que somos familia, o amigos inseparables —me dice—. Ya ve. Ironías de la vida.

—¿He sido extirpado? —tartamudeo.

—Le hicieron la biopsia, pero por lo visto usted mostraba unos síntomas de cansancio irregulares. Y decidieron tenerle la noche en observación.

—¿Ya es lunes?

—Sí. Y nos dan el alta a ambos este mediodía.

Una luz inusitadamente blanca penetra por la ventana, hasta tocar los pies de las camas. Una enfermera entra en la habitación y me toma el pulso y la presión arterial. Tiene las manos suaves y templadas. Ochenta y dos pulsaciones por minuto, y ciento veintiséis milímetros de mercurio la máxima, y setenta y siete milímetros de mercurio la mínima. Desde donde estoy, no se oye nada más que los carritos de las enfermeras en el pasillo, trayendo las bandejas del desayuno. Huele a pan recién hecho.

—Cuando se lo llevaron estaba a punto de decirme algo.

—Sí —le contesto a Blaisten, pero noto que me cuesta empezar a hablar—. ¿Llegó usted a leer la nota que le dejó la señorita Melaina, señor Blaisten?

—Sí. Claro. En cuanto se fue.

—Yo también la leí. Y debe usted saber que soy un experto grafólogo.

—¿Y bien? ¿Me va a decir que ha visto algo en su personalidad?

—No. Supongo que a estas alturas usted sabe que he estado intentando matarle, ¿verdad?

—Algo he notado, sí.

—Pues bien, no puedo decirle quién me ha pagado para acabar con su vida, porque no lo sé. Si lo supiera tampoco se lo diría, por supuesto, por cuestiones de ética profesional. Pero el caso es que no puedo decírselo porque no lo sé, y no porque no quiera.

—¿Todo esto va a llevar a alguna parte?

—Cuando me pagaron me entregaron el dinero dentro de un sobre con una palabra clave manuscrita en su exterior. Nunca se debe escribir las direcciones de los sobres, ni las notas de amenaza de muerte, ni nada parecido, con la propia letra. Eso lo sabe cualquier principiante.

—¡Continúe!

—La letra de la nota de Melaina y la del sobre son la misma, señor Blaisten.

Eduardo Blaisten ha dejado de mirarme, ha girado la cabeza y se ha quedado mudo sobre su cama articulada, estudiando el techo. No mueve ninguna parte de su cuerpo, ni siquiera parpadea. De hecho, incluso tardo unos minutos en cerciorarme de que en efecto sus pulmones siguen subiendo y bajando al compás de una leve respiración. Por primera vez reparo en que su pelo abundante y cano, peinado hacia atrás a lo Federico de Prusia, ha perdido la prestancia con la que solía deslumbrar, y ahora cae mustio y sin vida, como si le hubiera sorprendido una tormenta en mitad de la noche.

—¿No se imaginaba que pudiese ser ella? —le pregunto al rato.

—Usted no lo entiende.

Esto último lo ha dicho con la mirada aún perdida en las extensiones del aire, y creo que iba a decir algo más, pero entonces ha sonado el teléfono de la habitación interrumpiendo nuestra amigable charla. Me he llevado la mano al pecho, porque el timbre metálico ha cogido desprevenido a mi pobre corazón, que esta regalada mañana de lunes empezaba a bajar la guardia. El señor Blaisten ha levantado el auricular, y ahora lo sostiene entre su hombro y la cara, y le oigo decir:

—No, no me la pase... No me importa que le insista, ni que le esté tratando de quitar el teléfono. No quiero hablar con ella... Pero... ¿Aló? ¿Laura?... Sí, sí, estoy bien. ¿Y vos cómo estás?... ¿Cómo que no importa cómo estás vos? Es una forma de hablar, carajo, ¿qué querés que te diga si estamos hablando por teléfono?... No, no, no subas ahora. Me están dando el alta ya mismo. No, no subas... ¿Laura?... ¡Me...! ¡La recalcada concha de su madre!

El señor Blaisten deja escapar un largo resoplido, y se recuesta en la cama. Le pregunto si se encuentra bien, más por romper el silencio que porque piense que se pueda encontrar ni una milésima parte de lo mal que yo me encuentro, pero no me contesta. Ha vuelto a enmudecer, como si sufriera una suerte de afasia selectiva. Aunque cuando mira así hacia el techo, más bien parece aquejado por algún tipo de autismo, o por una apoplejía que lo ha sumido en un estado vegetativo. Imagino que mis noticias han supuesto para él todo un shock emocional.

—¿No se lo ha querido contar a su hermana? —Procuro parecer cortés, sin caer en la indiscreción—. Lo de que su amante desee asesinarle, quiero decir.

—Usted no lo entiende. No ha sido Melaina.

—¿Cómo dice? No, no, me temo que no me debo de haber explicado bien. Ya le he dicho que las letras son idénticas. No cabe posibilidad de error. Yo soy un experto grafólogo.

—No hay tiempo. Tenemos que irnos de aquí. Mi hermana viene para arriba.

De un salto sorprendentemente ágil, Eduardo Blaisten baja de la cama. Yo lo observo con envidia, mientras lo veo enfundarse las ligeras zapatillas de polipropileno con suela antideslizante, y dirigirse al pequeño armario de la habitación. Se pone el abrigo sobre el fino batín del hospital que deja al descubierto la larga espalda, se lo abrocha, y se acerca hasta mi cama para dejarme mi propio abrigo sobre el regazo.

—Vamos —me dice, ayudándome a levantarme—. Está a punto de llegar.

Yo le sigo la corriente, porque es lo que hay que hacer siempre con cualquier sujeto afectado por un repentino brote psicótico, y me pongo el abrigo sobre el batín hospitalario.

Una vez que salimos de la habitación, Blaisten mira hacia los lados, me coge del brazo y me fuerza a caminar con diligencia por el pasillo; aunque advierto que también utiliza mi brazo para apoyarse, y que tiene grandes bolsas oscuras bajo los ojos, y la tez pálida, de una tonalidad amarillenta. Nos detenemos delante de las puertas del ascensor. La calefacción está muy alta, y no creo que eso sea bueno para evitar la proliferación de los virus que crecen, mutan y confabulan en este tipo de instalaciones. Se abren las puertas, y noto que el señor Blaisten me empuja con violencia hacia delante, pero cuando me vuelvo para ver a qué ha venido eso, ha desaparecido. Miro al interior de la cabina, y me encuentro con una señora gruesa que lleva un conjunto de falda y chaqueta azul marino, y un ajustado collar de perlas alrededor del cuello, que a todas luces debe de ser la hermana de mi objetivo.

—¿Me permite? —me dice.

—Sí, por supuesto —le digo, y me quedo parado entre las dos puertas automáticas del ascensor.

—Que si me permite el paso —repite la señora con las cejas levantadas, después de haberse acercado a mí y de haber vuelto a dar un paso hacia atrás.

—Claro que sí, yo soy muy permisivo —improviso. Cualquier persona que quiera dedicarse al antiguo y noble arte del asesinato tiene que ser capaz de improvisar; si bien en este instante siento que me está subiendo la temperatura en todo el cuerpo, y en concreto en las mejillas, en las orejas, y en la superficie del cuero cabelludo, y que me ronda una suave sensación de mareo, porque en el fondo no sé muy bien por qué está ocurriendo todo esto ni qué se espera de mí.

—Pero ¿qué decís, chalado? Quitá de en medio —ataja la mujer. Lleva los labios perfilados, probablemente de forma permanente mediante una técnica de micropigmentación; aunque no puedo decir que eso le favorezca.

—No obstante —prosigo imperturbable—, ha de tener mucho cuidado en estas instalaciones. El edificio está lleno de médicos. Y si hay algo que no es un médico es permisivo. Yo en realidad los definiría como todo lo contrario: son unos seres esencialmente restrictivos.

Quería añadir además que tanto los especialistas en el cuerpo humano, como el resto del personal de la salud pública, tampoco se caracterizan por ser demasiado sensibles, pero la hermana de Blaisten ha estado haciendo gestos con la cara y señales con los brazos, y ahora un vigilante de seguridad me ayuda a despejar la entrada del ascensor, y creo que pretende ayudarme también a salir de las instalaciones del complejo hospitalario.

Cuando caminábamos por el pasillo, el señor Blaisten nos ha dado alcance, le ha mostrado una tarjeta al vigilante de seguridad, y le ha asegurado que él me acompañará y se hará cargo de todo. Volvemos sobre nuestros pasos, mientras mi objetivo no deja de alzar la cabeza y de mirar hacia todas partes.

—Gracias —me dice, al cabo de unos minutos.

Ahora somos nosotros los que nos encontramos en la cabina del ascensor, y estamos descendiendo a la planta baja. Como Blaisten debe de haber notado que hace tiempo que no entiendo nada, se aclara la garganta y, con los ojos fijos en el suelo del ascensor, murmura:

—No pudo ser Melaina. Su teoría era errónea. —El señor Blaisten hace una pausa antes de seguir hablando, sin levantar la mirada del suelo—. Melaina tiene una luxación en la mano derecha, no puede hacer nada con esa mano, y menos escribir. Cuando ayer por la mañana salió de mi casa, llamó a la puerta de mi hermana. Las estuve oyendo un rato hablar en el descansillo. Melaina le dictó la nota a mi hermana. Fue ella. Reconocí la letra enseguida. Acaba de estar usted hablando con su jefa hace un instante.

Permanezco unos segundos en silencio. La vista se me nubla y me cuesta mantener alineada la trayectoria de mis ojos. Valoro hasta qué punto Eduardo Blaisten puede tener razón, y si de verdad podría darse la circunstancia de que él hubiera llegado antes que yo a la correcta solución de este embrollo, careciendo como carece de una mente entrenada como la mía.

—Entiendo que su pareja sentimental quiera matarlo, señor Blaisten —digo, tratando todavía de recomponer la nueva situación en mi mente—. Instalé cierto número de aparatos de escucha en su casa, y pude comprobar que no se llevaban muy bien. Pero ¿por qué habría de querer matarlo su propia hermana?

—Tenía problemas.

—¿Se veía acaso obligada a elegir entre la vida de usted y la suya propia? —le pregunto, porque con los años he aprendido que la mejor manera de entender los misterios de las relaciones humanas es aplicando mis propias experiencias. Sin embargo, Blaisten me mira raro y no dice nada, así que intento parecer un poco más pragmático, y añado—: ¿Se refiere a problemas económicos?

—Sí, también económicos. Quería vender unas propiedades de nuestra herencia, y yo no di el consentimiento... Pero su verdadero problema es otro. Siempre se tiene que hacer lo que ella quiera. Cuando y como ella lo decida. No tiene capacidad de ver el mundo con los ojos de los demás... Es una tarada. Siempre lo ha sido. En realidad no sé de qué me extraño.

Hemos atravesado el hall de entrada y la recepción, sin que nadie haya tratado de impedírnoslo. Y hemos salido caminando juntos del hospital, un poco mareados, un poco bamboleantes. Creo que nos hemos mantenido todo este tiempo cerca el uno del otro por si en algún momento necesitábamos un apoyo para no caer en redondo al suelo, estando como estamos desnudos de cintura para abajo.

Una vez fuera de las instalaciones del complejo hospitalario

Gregorio Marañón, el señor Blaisten se detiene, se vuelve hacia mí y me mira a los ojos. Es una tarde de cielo bajo y anubarrado, de fragancias invernales. Y puedo sentir el frío en las piernas desnudas, y ascendiendo por las plantas de los pies.

—¿Va a seguir intentando matarme? —me pregunta.

—Tengo que hacerlo, me pagaron por adelantado.

—¿Y qué más da? Mi hermana estará pronto encerrada. Voy a hacer todo lo posible por que la encierren. En un psiquiátrico. ¿Por qué no se queda con el dinero y se va a otra parte?

—Eso es imposible, señor Blaisten, yo soy un hombre de moral kantiana. Immanuel Kant decía que se obrase sólo de forma que se pudiera desear que todo el mundo actuase de ese mismo modo. Y a mí no me gustaría pagarle a un asesino profesional para que matase a alguien, y que se fuera con mi dinero a otra parte.

Eduardo Blaisten me mira durante unos segundos más. Creo que piensa que estoy bromeando. Luego me estrecha la mano. Yo, al contrario que él, no la aprieto demasiado, porque estoy al límite de mis fuerzas, y porque no llevo los guantes puestos, para protegerme de los gérmenes, de las bacterias y de los hongos. Entonces, mi objetivo se da la vuelta y echa a andar por la acera, con el abrigo abrochado hasta arriba, el *sobretodo* diría él, bajo la hilera de árboles que dejó sin hojas el otoño. Yo cruzo al otro lado de la calle, y comienzo a andar en una trayectoria paralela a la suya, unos cuantos metros por detrás, siguiéndolo a una distancia prudencial. Me subo las solapas del abrigo, y puedo oír con toda claridad una voz interior que dice:

«Y así se alejaban caminando, a través de las invernales tardes de la populosa ciudad de Madrid, bajo la hilera de árboles que dejó sin hojas el otoño, el señor Blaisten y el señor Y...»

56

El señor Kant se murió. Cuando ya nadie lo creía, se murió. El 12 de febrero de 1804. Cuando ya todo el mundo pensaba que era inmune a sus eternos resfriados, se murió y fue a parar a una tumba junto a la catedral de Königsberg, hoy la rusa Kaliningrado. Si bien el derecho al descanso le fue negado, y en 1945 el bombardeo soviético sobre la pequeña población prusiana destruyó su tumba original, y lo que hoy se conserva no es más que una simple réplica.

El señor Poe también se murió, a pesar de que nadie lo creyera cuando decía saberse perseguido por la muerte y por su mala fortuna. El 7 de octubre de 1849. Y sus consumidos restos fueron a parar al cementerio Old Western Burial Ground, en Baltimore, sin que nadie se ocupara siquiera de cubrir su fosa con una lápida. Hubo de esperar años para que le construyeran al fin una digna sepultura, pero justo antes de que llegaran a colocar la losa, su infatigable mala fortuna logró distinguir lo que estaba sucediendo a través de las ventanillas del mismo tren en el que un lejano día persiguiera al poeta, invocó sus oscuros poderes, e hizo descarrilar al ferrocarril con el único objetivo de hacer añicos la lápida. Desde entonces, transcurrió tanto tiempo hasta que se le ofreció una nueva tumba al desventurado señor Poe que, cuando se hizo de forma oficial en 1875, los responsables de la maniobra se equivocaron de ataúd, y de restos, y aún hoy miles de admiradores visitan al hombre equivocado. Todos menos yo, que desde 1994 visito la tumba correcta cada 19 de mayo, hago un brindis por el cumpleaños del más desdichado de los poetas, y dejo allí la botella junto a tres rosas amarillas.

El señor Descartes se murió. Aunque sus coetáneos se rieran de su frío y de su gusto por la estufa, se murió, un 11 de febrero de 1650, y sus congelados restos fueron a parar al cementerio de Fredikskyrkan, en Estocolmo. Pero como buen perseguido por la mala suerte, tampoco una vez muerto le fue concedido el reposo, y en 1666 su cadáver se exhumó para ser trasladado al cementerio de Sainte-Geneviève-du-Mont, en París. Y por si eso no fuera suficiente, durante la Revolución Francesa volvió a ser exhumado, y trasladado al Panteón de Hombres Ilustres. Y todavía una vez más, en 1819, la fatalidad hizo que sus escasos restos mortales fueran exhumados por cuarta vez, y trasladados a la Abadía de Saint-Germain-des-Prés. Si bien esta vez, al abrir el féretro, se descubrió que la cabeza del señor Descartes no estaba pegada a su cuerpo. El cráneo, en el transporte del cadáver desde Suecia hasta Francia, había sido robado por el capitán Israel Hanstrom, de quien no se sabe si era un anticartesiano radical o por el contrario un ferviente seguidor de la doctrina de la separación entre la *res cogitans* y la *res extensa.*

También murió el señor Byron, a quien todo el mundo tenía por un atildado ponderador de sus dolencias. Un 19 de abril de 1824, a los treinta y seis años, cumpliendo con la maldición que recaía sobre los varones de su familia. Había viajado a su amada Grecia para luchar por la independencia del país, y contra los intereses del Imperio otomano, y allí sufrió un ataque epiléptico y contrajo la malaria. Los médicos, en los que no creía, le prescribieron un tratamiento a base de sangrías. El señor Byron, en un principio, se negó a ser tratado. No obstante, días más tarde, cuando la enfermedad lo había llevado al límite de sus fuerzas, accedió a que los médicos le sacasen toda la sangre que desearan. Murió tres días después, con dos litros de sangre menos, al grito de «¡asesinos!». Sus exprimidos restos fueron a parar a la iglesia de Santa María Magdalena, en Nottinghamshire. El infortunio que lo perseguía hizo que ciento cuarenta y cinco años más tarde los volvieran a exhumar, para esta vez ser trasladados a la Abadía de Westminster, en el Rincón de los Poetas.

Cuando toda la sociedad francesa tenía serias dudas sobre si aquello ocurriría alguna vez, el señor Voltaire también se acabó muriendo. Después de haber sobrevivido a decenas de médicos y a media docena de enfermedades mortales, se murió de excitación. Un 30 de mayo de 1778, tras una jornada en París en la que fue colmado de honores y sus admiradores acudían a verlo en procesión hasta el hotel de madame Villette donde se hospedaba. Luego, una vez cadáver, los parisinos le negaron la sepultura. Y los emocionados restos del señor Voltaire tuvieron que buscar descanso en las afueras de la ciudad, en la Abadía de Sellières, donde por aquel entonces su sobrino era abad. Pero ni tan sólo un día le fue concedido el reposo, porque ya antes de ser enterrado un médico anónimo le extrajo el corazón, probablemente movido por el precio que desde el robo del cráneo de Descartes los órganos de filósofos habían alcanzado en el mercado; o quizá como venganza por la animadversión que el ilustrado había profesado hacia su gremio. Años más tarde, en 1791, al igual que les ocurriera a los mutilados restos cartesianos, durante la Revolución Francesa el cuerpo del señor Voltaire fue exhumado y trasladado al Panteón de Hombres Ilustres de París, donde lo situaron justo al lado de los huesos de su eterno enemigo Jean-Jacques Rousseau. Hoy, su cuerpo carcomido por todas las enfermedades aún se remueve bajo el mármol, pero en cambio el órgano bombeante de su pecho luce en una urna de cristal de la Biblioteca Nacional de París, como prueba irrefutable de que Voltaire, en efecto, tenía corazón.

Y Jean-Baptiste Poquelin, mucho más conocido por el sobrenombre de Molière, después de toda una vida perseguido por la enfermedad y huyendo de los médicos, como todos, también se murió. El señor Molière alcanzó la fama por su despiadada crítica a los doctores y los boticarios, a quienes tenía por unos charlatanes amparados en sus tecnicismos y latinajos, por sanguijuelas de la debilidad humana, que es de natural dis posición a los pensamientos morbosos. Pero entonces, cuando todo el mundo se había acostumbrado a sus constantes presagios de muerte, cuando todo París lo creía invulnerable a los muchos achaques que él decía horadaban su cuerpo, se murió. Un 12 de febrero de 1673, en plena representación de su obra *El enfermo imaginario*. Se encontraba vestido de amarillo sobre el escenario del Palais Royal, exhibiendo su leonada melena de cabello propio, cuando le asaltaron unos extraños dolores en el vientre, y delante de todos los espectadores, por el esfuerzo, cayó desmayado. El señor Molière se volvió a levantar, sacó fuerzas de flaqueza, se presionó el abdomen con la mano para aplacar el dolor, y continuó hasta el final con la representación. Luego, por fin, se murió. Una ley promulgada en París en 1654 prohibía dar cristiana sepultura a las rameras, las concubinas, los usureros, los brujos y los cómicos, por lo que el cuerpo del señor Molière tuvo también que errar durante cinco días por las calles parisinas, hasta que por mediación de su mecenas, el rey Luis XIV, fue enterrado en el cementerio de San José, con nocturnidad y a escondidas. No lo dejaron descansar, por supuesto, y en 1804 su corrupto cadáver transido por todas las afecciones fue exhumado, y trasladado sin demasiados miramientos a un panteón del cementerio de Père-Lachaise.

Todos estos Grandes Hombres se murieron. Después de años anunciando su muerte un día tras otro, cuando ya nadie los creía, ni amigos ni críticos, ni editores ni lectores, a pesar de todas sus suspicacias y de todo su escepticismo, se murieron.

57

Hoy es martes, así que sé que Eduardo Blaisten no tardará en aparecer por la calle Virgen de los Peligros esquina con Alcalá, porque los martes se toma un café sentado en un taburete alto del Starbucks junto a la vidriera. Son las 10.24, y ya veo aparecer a mi objetivo como un punto minúsculo en el horizonte de la calle, y lo adivino sonriendo a diestra y siniestra como si caminara por un pequeño pueblo y conociera a todo el mundo. Aquí viene ya, balanceando su rígido maletín de piel en la mano, casi dando pequeños saltitos al andar. Luego gira y entra en el café, lleno de vida. Todo lo contrario que yo, que apuro mis últimos instantes de agonía, y después de haber escatimado quince millares de días a una muerte segura, ya sólo me resta uno más. Dos, a lo sumo. Tengo la absoluta certeza de que ni un día más tarde de hoy moriré. Como mucho mañana.

Agradecimientos

A lo largo de toda trayectoria profesional siempre es necesario que haya personas que crean en ti, haciendo que todo se ponga en marcha y que sea posible el movimiento. En mi caso esas personas han sido Antonio Jiménez Morato, Loli Domínguez, Ana Roldán, Laura Barrachina, Jordi Barcia, Julio Valverde, Daniel Martínez, Pablo Mazo, Clara Obligado y Alberto Marcos. Ellos son los puntos de giro de mi historia.

El sueño del otro

La nueva novela de Juan Jacinto Muñoz Rengel

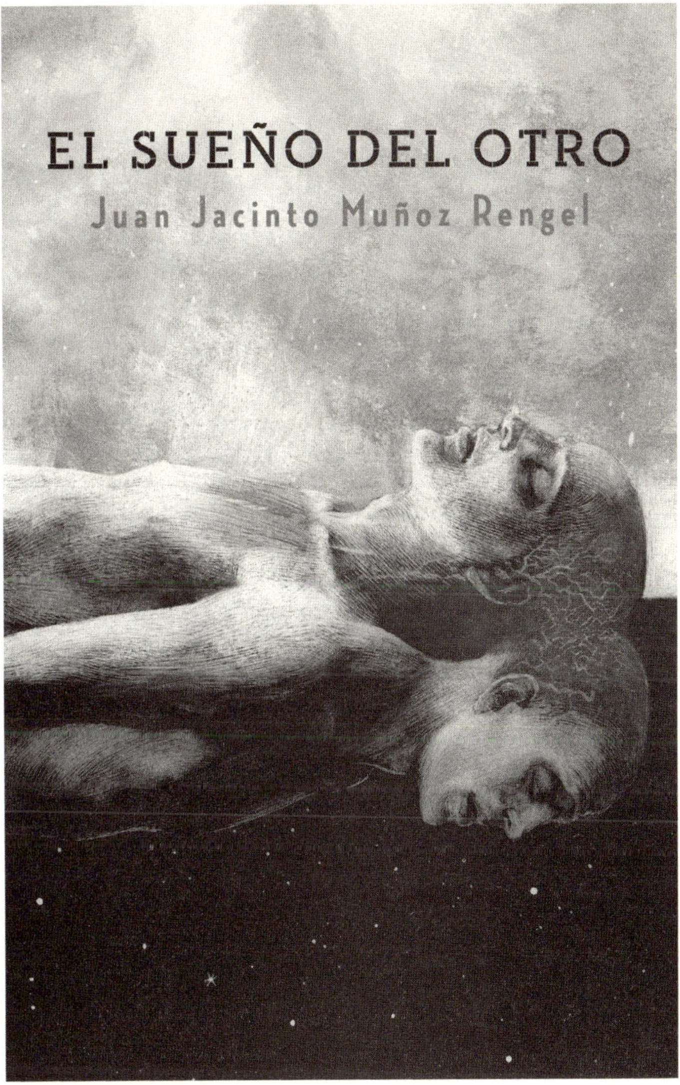

1

Tenía miedo de salir a la calle. Y tenía miedo de quedarse allí solo, en aquella casa, en casa. Por esa razón había invitado a cenar a unos compañeros de trabajo. Pero había cerrado la puerta de la entrada dando una doble vuelta y no encontraba la llave. Ahora no podría salir. Tampoco nadie iba a poder entrar.

No era de extrañar que la hubiera perdido. Aquella misma mañana había estado reordenándolo todo, porque últimamente las cosas no estaban donde debían estar. Nada lo estaba. Apenas se hubo despertado, después de otro sueño intranquilo, no había terminado de recorrer el pasillo cuando se quedó ensimismado observando el salón, sintiéndose un extraño en su propio piso. Y a continuación se vio dominado por la necesidad de cambiar de lugar todo lo que alcanzaba su vista. Reemplazaba unas por otras todo tipo de cosas, el reloj del segundo estante por las figurillas de terracota, los altavoces del equipo de música por sus réplicas arqueológicas, y aunque los libros de historia quedaran tan comprimidos como en una prensa de reciclar papel, eso no le impedía tratar de volver a organizarlos si había creído advertir también algo anormal en el orden que seguían. Escondió el revistero entre la mesita pequeña y la chaise longue del sofá, en parte para dejar de ver en todo momento aquella portada de la revista *Science*, con el primer plano de un niño oriental afectado por la nueva pandemia que asolaba el este de Asia. Había bajado las persianas, para que no entrara aquella luz del sol, aquella luz tan blanca y desoladora como la radiografía de una neumonía. El aire acondicionado estaba a su máxima potencia, y el piso tenía cierto aire a vivienda media de ciudadano medio conservada en cámara frigorífica. Cuando reformó el piso familiar quiso transformarlo todo, no quería dejar ningún vestigio de la vida anterior, de las vidas anteriores, y tardó un tiempo en darse cuenta de que ahora la casa carecía por completo de calidez. Pero eso en realidad no era lo que le preocupaba. No, era otro malestar el que lo mantenía en aquel continuo estado de desasosiego, mezcla de angustia y de excitación. Redistribuyó las lámparas y los puntos de luz, retiró la alfombra que había debajo de la mesa de centro y trajo una maceta de la cocina y la puso en la estantería, junto a los libros; trató de combinar de todas las maneras posibles la maceta y los libros. Y tras varias horas de tarea frenética, lo había vuelto a colocar todo como estaba al principio. Antes del mediodía, todo estaba de nuevo en su sitio y las cosas seguían sin estar donde debían estar.

No sabía si en algún momento de aquel proceso había escondido la llave. A veces, esconder las cosas es perderlas. Y ahora había quedado atrapado en la trampa de su propio refugio.

Si nadie iba a poder entrar, debía avisar a sus invitados.

Caminó por el pasillo en semipenumbra. Sólo se oían el zumbido del aire acondicionado y los crujidos de sus pasos sobre los listones de madera. La tarima del suelo era original de la casa, no la cambió cuando hizo la reforma, sólo mandó lijar los tablones; como en su vida: todos los cambios se limitaban a una leve remodelación exterior. Se detuvo cuando llegó al dormitorio. Antes de entrar puso la mano derecha sobre la superficie de la puerta, como si quisiera tomarle el pulso, y comenzó a susurrar algo entre dientes. Le había cogido pánico al dormitorio. Pero por poco que le gustara, el teléfono estaba allí dentro. Finalmente entró, se sentó en la cama y marcó.

—Te llamo por lo de esta noche. Me temo que no va a poder ser.

—¿Qué ocurre, Xavier? ¿Ha habido malas noticias?

—No, no es nada de eso.

—Entonces, ¿no hay novedades?

—No, nadie me ha llamado del hospital. Es sólo que he perdido las llaves de mi casa. Me he quedado encerrado y como se acerca la hora, y aún tenía que salir a comprar varias cosas, he pensado que lo mejor sería llamaros para anularlo.

—No te preocupes. Me encargaré de avisar a los demás. ¿Tú cómo estás?

Él permaneció en silencio, con la mirada perdida en las sombras de la habitación.

—¿Cómo te encuentras, Xavi? —insistió ella.

—No me encuentro en mi mejor momento, la verdad.

—Ánimo, seguro que todo sale bien. Estoy convencida de que todo saldrá bien.

—No, no es por eso, Helena.

—Vamos, no te hagas el duro. Es normal que estés afectado.

—Te digo que no es por lo de mi padre. Claro que me afecta la situación. Pero hay algo más... Dejémoslo, ¿quieres?

Después de colgar, manteniendo la mano todavía sobre el auricular, contó hasta diez, despacio. Tuvo que hacerlo, porque de repente se sintió mucho más solo en la casa.

Podía notar la respiración desacompasada. Encendió el televisor con el mando a distancia y el sonido estalló de golpe en la quietud del dormitorio. Dos hombres se perseguían sobre motos de gran potencia, intercambiando disparos. Por un momento, el que huía pareció despistar a su perseguidor, pero al doblar una esquina se encontró de improviso con un enorme camión cisterna y se empotró contra la parte baja del chasis. Con aquella imagen aún en la retina, Xavier apagó la televisión. Sentía cómo todo le afectaba por encima de su nivel de tolerancia habitual.

Se levantó y fue hasta el baño. Trató de serenarse. No había nada que temer. No iba a venir nadie a rescatarlo, pero él sabía quién era. Se colocó en posición de firmes delante del espejo, casi se cuadró. Luego se quitó la camisa. Sabía quién era. Sabía que tenía una cicatriz detrás de la oreja, una cicatriz limpia y curva, que le bajaba dulcemente hasta el cuello y que cuando era niño pudo haberle costado la vida. Sabía que en la aspereza rugosa de su codo izquierdo se ocultaba un pequeño quiste de grasa, y que encima de su pezón derecho se alineaban dos lunares grandes, en relieve. Xavier comprobó que todo estaba ahí. Con el dedo índice de la mano derecha trazó sobre su cuerpo el recorrido de los signos de su identidad, al tiempo que seguía el movimiento sobre el espejo con el mismo dedo de la mano contraria. Y los signos de su cordura también estaban allí: recordaba los nombres y apellidos de su padre, y los nombres y apellidos de sus abuelos; podría citar de memoria todas las direcciones en las que había vivido, con detalles, incluso con los códigos postales; recordaba cómo se llamaba su exmujer, su nombre, sus apellidos, los lugares que habían compartido, tenía sensaciones vívidas de los momentos que habían pasado juntos; y el nombre y los apellidos de su hijo, y la cara de su hijo. Sabía quién era. Sin duda. Y aunque estuviera allí encerrado, a solas consigo mismo, no había nada que temer.

Se dirigió hasta la entrada del piso. Miró la puerta, más por buscar una asociación que le llevara a recordar dónde había puesto la llave, que por pensar siquiera en forzarla. Aunque no lo parecía a simple vista, era una puerta blindada de acero. Tenía un multicerrojo de seis pernos, con mecanismos de anclaje arriba y abajo. Incluso disponía de un sistema de autodestrucción de la cerradura en caso de que detectara que estaba siendo manipulada. Así se lo dijeron cuando la compró, un sistema de autodestrucción. De modo que no había manera de salir de allí sin la llave. Dónde la habría escondido. Dónde. A veces, esconder las cosas es perderlas. En demasiadas ocasiones lo que nos protege es lo que nos hace cautivos.

Él no estaba escondido. De lo que huía lo encontraría en cualquier parte. Estaba perdido.

2

Era una noche sucia, ventosa. Sobre el cielo pesaban unas nubes grises, a las que el trasluz de la luna llena confería una consistencia de piedra. En la tienda de la gasolinera apenas había cinco personas, además de los dos dependientes. Dentro del establecimiento la gente guardaba una sola cola. Una joven llevaba abrazadas una botella de refresco light y una bolsa de snacks, como si sus compras pudieran protegerla. Un señor acababa de sacar la tarjeta de crédito para pagar la gasolina, y la mantenía oculta en el hueco cóncavo que formaba con la palma de su mano, mientras permanecía mirando al frente. Una mujer agarraba su bolso con un brazo y la mano de su hijo con el otro, apretando ambos contra su pecho. Era un niño pelirrojo que lloriqueaba porque la madre no le había comprado un muñeco equipado con armas de exterminio. En la caja de la izquierda, uno de los dependientes atendía a los compradores. En la terminal contigua el otro no hacía avanzar la cola, porque estaba contándole a su compañero una anécdota protagonizada por un amigo que era agente de policía local. La anécdota era violenta, no obstante los jóvenes parecían divertidos.

En el establecimiento entró otro hombre. Al abrirse las puertas de cristal automáticas una corriente de aire frío se coló desde la calle, junto con ruido de tráfico. La expectoración de una ciudad enferma. Las puertas se volvieron a cerrar, dentro estaba encendida la calefacción y había un cambio de temperatura de casi veinte grados. El hombre no miró ninguno de los productos que se alineaban en las estanterías. Se dirigió directamente hacia la cola, sin embargo no se situó al final, sino a uno de los lados. Vestía una chaqueta de pana color canela, con los ojales y los bolsillos todavía sin abrir, aunque muy arrugada, como si llevara varios días durmiendo con ella. Parecía mirar a algún miembro de la cola a través de unas gafas de pasta oscura, pero lo cierto era que su mirada traspasaba los cuerpos y se extraviaba en algún punto indefinido de la tienda. La mujer apretó aún más contra su pecho el bolso y la mano de su hijo, que aprovechó la reacción de la madre para aumentar sus gritos de protesta. El hombre que acababa de entrar tenía los hombros hundidos, los brazos cayendo paralelos al cuerpo y las manos extrañamente crispadas hacia fuera.

—¿Necesita algo? —le preguntó el dependiente que estaba contando la anécdota.

El hombre permaneció inmóvil todavía un instante. Luego, sus pupilas parecieron volver a enfocar la realidad. Movió la cabeza, se aclaró la garganta y dijo:

—Sólo quería un poco de agua.

—Las botellas de agua mineral están en ese expositor —le contestó el joven y señaló con la mano sin mirar hacia el expositor, sólo al hombre. Después añadió—: No servimos agua del grifo.

Su compañero afiló una sonrisa. La cola avanzó. Los clientes que pagaban su compra parecían ansiosos por salir de allí. El hombre caminó hasta el refrigerador de las bebidas, cogió una botella de agua pequeña y regresó a la fila. La mujer y su hijo pelirrojo quedaron delante del hombre. El lloriqueo del niño cada vez se hacía más insistente y agudo.

—Como no te calles... —le dijo la madre, con el mismo tono apático con el que le acababa de pedir al dependiente que le cobrara la gasolina del puesto número seis.

Cuando el hijo oyó el dinero tintinear sobre el mostrador y vio los billetes y las monedas, chilló aún con más fuerza. Había adivinado que su oportunidad estaba a punto de escaparse definitivamente. Su aullido se alargó de una manera monocorde y exasperante, y parecía no tener fin.

—Calla —repitió la madre en un susurro, como si tuviera miedo de que alguien reparara en ellos, o de que alguien reparara en su ineficacia. O de hacer enfadar al niño.

Pero el crío, lejos de obedecerla, comenzó a dar tirones del brazo de su madre y dejó caer todo su peso muerto hacia abajo como si colgara de una liana. Entonces el hombre puso una mano sobre el hombro del niño, lo giró hacia sí y le dijo:

—Niño.

El crío perdió por un segundo la concentración en su llanto, para buscar la cara del hombre y mirarlo a los ojos. Sorbió una nariz pecosa, se metió el dedo en uno de los orificios, y poco a poco comenzó a abrir de nuevo la boca para seguir gimoteando. Antes de que pudiera hacerlo, el hombre tomó impulso con el antebrazo derecho y lo abofeteó con todo el dorso de la mano. El chasquido adquirió una contundencia sólida en el silencio de la tienda.

—Pero ¿qué hace? —gritó la mujer, dando un paso atrás con su hijo y cubriéndolo con los brazos. En sus ojos había más miedo que indignación.

—Lo siento —dijo él.

La mujer miró a los dependientes. Los rostros de los jóvenes estaban lívidos y sus movimientos en las cajas registradoras habían quedado congelados. Ninguno de los dos parecía capacitado para volver a moverse.

—Lo siento, no pude evitarlo… —repitió—. Tendría que haberlo hecho usted.

Otro cliente, que venía de un pasillo entre las estanterías, había dejado en el suelo una bolsa de hielo y comenzaba a marcar un número en su teléfono móvil. Se dirigió a él:

—Pero no lo hizo ella, amigo. Y si lo hace usted es una agresión a un menor.

El hombre de la chaqueta de pana comprendió que aquel individuo estaba llamando a la policía.

—Sí —murmuró—, he agredido a un puto menor de los cojones.

Se acercó al mostrador, apartando a un lado a las personas que tenía delante, se buscó en los bolsillos, y soltó unas monedas sobre el tapete de goma con el logotipo de la compañía gasolinera, sin mediar palabra con ninguno de los dependientes. Luego, dando unas zancadas nerviosas, salió del establecimiento. En ningún momento, desde que le diera la bofetada, el niño dejó escapar una sola lágrima ni volvió a llorar.

El hombre había aparcado su moto a pocos metros de la puerta, un modelo BMW R 1200 R color gris granito. Se subió a la moto, giró la llave de contacto y dejó atrás la gasolinera. Había empezado a caer una lluvia débil, pequeñas motas ingrávidas iluminadas por una luz plateada. Al otro lado de los cristales, todos los que quedaban dentro de la tienda aún seguían la luz de su faro con la mirada.

Después del incidente en el establecimiento, el hombre empezó a conducir sin rumbo. Continuaba sin encontrarse bien. Se sentía desorientado, fuera de control. Probablemente por eso, apenas desembocó en una de las avenidas principales de la ciudad, se vio asaltado por la necesidad de poner a prueba la potencia de la moto. Como si compitiera consigo mismo, inició una serie de carreras contra nadie a más de doscientos diez kilómetros por hora, por encima de las líneas continuas que dividían en dos la avenida. A uno y otro lado, las imágenes reflejadas en las fachadas de espejos de los edificios se convertían en haces de luz, como partículas radioactivas en un órgano sometido a un centellograma. Los pocos transeúntes que aún rondaban la calle a esas horas se detenían a observarlo, mientras el hombre rogaba por que ninguno de ellos apareciera de la nada y se cruzara en su camino; aunque no fue eso lo que en todo momento deseó. Por fin, terminó por aburrirse. Entonces condujo hacia el distrito norte y ascendió hasta la formación montañosa que hacía de límite natural de la ciudad. Se internó en carreteras oscuras, cada vez más asediadas por el bosque, que parecían querer tragárselo en un laberinto interminable. El viento movía la fronda de las ramas y producía un sonido extraño. Él no se dejó amedrentar por ningún laberinto infinito. En cambio, en la alta madrugada, a una hora que no sabría determinar, a uno y otro lado de la carretera, pudo distinguir con horror rostros humanos emergiendo entre las formas que componía la espesura. Las caras, alargadas y contrahechas, tenían un tamaño dos o tres veces superior al normal y abrían sus bocas con el rictus de los desahuciados, estirando hacia el frente unas fauces salvajes. Podía diferenciar con claridad dos tipos de rostros, los que pertenecían a su mundo y los que no. Los de un lado de la carretera simétricamente enfrentados a los del otro.

Poco antes del amanecer, la moto regresó a la ciudad, circulando con lentitud. Entró en una amplia rotonda de edificios señoriales de quince plantas, con una enorme fuente de mármol de aristas cortantes en el centro, y se detuvo a la altura de un luminoso de color verde en forma de cruz.

La farmacia de guardia tenía las correderas metálicas echadas hasta el suelo. A través de un hueco recortado sobre una de las persianas asomaba una ventanilla dispensadora, reforzada con cristales antibalas. El hombre llamó con los nudillos. No acudió nadie. Se quitó los guantes, y volvió a llamar con más fuerza. Tenía las manos amoratadas por el frío. En la parte superior de la ventanilla, tras el cristal, había una pequeña cámara grabándolo todo. Se encendió un cigarrillo y esperó varios minutos hasta que apareció una joven, abrochándose una bata blanca y mirándolo con desconfianza.

Le preguntó si tenía algo para dormir.

—¿Un tranquilizante o un somnífero? —dijo la mujer, y se comenzó a recoger el pelo con una gomilla—. ¿Tiene receta?

—No. No tengo receta. Deme lo más fuerte que pueda darme sin receta.

—Le tengo que cobrar por adelantado.

—¿Cómo por adelantado?

—Quiero decir, antes de hacerle entrega de los medicamentos.

—Me parece estupendo. No pensaba salir corriendo.

—¿Pagará en efectivo o con tarjeta?

—Con tarjeta.

—Necesitaré su DNI, ¿lo lleva encima?

—Claro que lo llevo encima. ¿También lo quiere ver por adelantado? Aquí lo tiene.

El hombre sacó su documento de identidad de la cartera, agarró el asidero del cajón que había debajo de la ventanilla, tiró de él y depositó el carné sobre la bandeja. El carné apareció al otro lado.

—¿Es usted André Bodoc?

—Pues claro que soy André Bodoc, ¿quién si no? ¿No parezco André Bodoc?

En la fotografía del documento de identidad el hombre no tenía el pelo tan blanco como ahora, ni tan largo. Tampoco llevaba las mismas gafas de pasta oscura que usaba ahora. La chica miraba a uno y a otro como buscando similitudes y diferencias. Luego, se dio la vuelta y se adentró en el almacén.

—¡Espere! —la llamó él. Había olvidado decirle algo importante—: Deme lo que sea para dormir, pero sin sueños. Quiero dormir sin soñar.

3

Puso la palma de la mano sobre la superficie de la puerta. Y percibió de inmediato las palpitaciones. A juzgar por la magnitud de aquel rugido, al otro lado de la puerta debía de refugiarse un monstruo devastador. El preciso monstruo que todos esperamos que alguna vez acabe con nosotros. A pesar de todo, Xavier la empujó y entró.

Allí dentro lo esperaban más de treinta pares de ojos, pero apenas alguno le prestó atención. Avanzó moviéndose despacio. Soltó el maletín sobre la mesa y se subió al entarimado. Xavier esperó a que los alumnos se callaran. Si él no los apremiaba, eso llevaría un tiempo. Pero no pensaba hacer nada, nada en absoluto. Se quedó de pie donde estaba, sin más. Los alumnos de las primeras filas comenzaron a sentarse y la mayoría de las chicas también. Tuvieron que pasar varios minutos para que dejaran de jugar con sus teléfonos móviles y el volumen del estrépito disminuyera significativamente. Los únicos que todavía hablaban en voz alta eran los estudiantes que se habían sentado sobre las mesas del fondo y se estaban pasando entre ellos una revista pornográfica, haciendo como si allí no estuviera el profesor. Era parte del pulso diario a la autoridad. Como agentes infecciosos tanteando las defensas del sistema inmunitario. Pero él no tenía ninguna prisa. Nada que perder. Hacía tan sólo unas semanas no se habría atrevido siquiera a imaginar hacer algo así, dejarlos allí riéndose y gritando sobre las mesas, permitir que la clase se le escapara de las manos; le habría horrorizado la posibilidad de que cualquier otro profesor entrara en el aula pensando que aquellos alumnos estaban solos y lo descubriera allí de pie, como un pasmarote, blando e incompetente. Sin embargo, ahora que su vida se hundía todo aquello quedaba muy lejos.

Al cabo de un rato los alumnos del fondo también dejaron de hablar, aunque permanecieron sentados sobre los pupitres. Probablemente nunca antes se había hecho un silencio tan intenso en una de sus aulas desde que comenzó a trabajar allí. Incluso algunos de los jóvenes que habían estado hojeando la revista comenzaron a regresar a sus sitios tratando de no llamar la atención. Intuir lo que nos amenaza es algo que proviene de los confines remotos de la especie. A través de las ventanas entraba una luz que quemaba las retinas; en el exterior sonaba un helicóptero. Las aulas del colegio no tenían aire acondicionado y el calor era sofocante. Aquello estaba siendo demasiado. Demasiado silencio durante demasiado tiempo. Aun así Xavier continuó de pie sobre el entarimado, con la boca entreabierta, sin mover un músculo. Llevaba una camisa de manga corta y bajo sus axilas se dibujaban unos círculos de sudor oscuros. No se había propuesto atormentar a nadie, simplemente su mente estaba en otro sitio. O en dos sitios a la vez. Cualquiera podría pensar que estaba mirando a algún alumno del centro del aula, pero en realidad no miraba a ninguna parte, a nada que estuviera allí. De pronto, tragó saliva. Su gesto debía de ser en esos momentos el de un perfecto imbécil. Carraspeó y se subió las gafas con el dedo en un movimiento reflejo.

—No sé si voy a poder seguir con vosotros el resto del curso —dijo.

El bullicio volvió al aula, como una explosión.

Lo cierto era que tampoco él sabía por qué había dicho aquello. No pensaba decirlo. No le había comentado nada a nadie, ni a los compañeros ni a la dirección. Lo dijo sin más, puede que tan sólo porque sentía que no era capaz de seguir. En medio de un gran alboroto, los alumnos comenzaron a manifestar su preocupación y a hacerse preguntas los unos a los otros. Supuso que pensarían que era por lo de su padre. Mejor así, eso facilitaría las cosas. Desde las últimas filas empezaron a abuchear, alguna bola de papel cruzó el aire. Por un instante Xavier volvió en sí y pensó que no podía permitir tanto escándalo, pronto podrían oírlo desde abajo.

—Silencio —pidió.

Le gritaban que faltaba un mes para los exámenes. Uno de los cabecillas del fondo enrolló la revista pornográfica y comenzó a golpear la mesa y a insultarle. En el pasillo del centro, una chica levantó el brazo. Era la delegada de curso. Él le dio permiso para hablar con un movimiento de cabeza.

—Pero ¿cuánto va a estar sin venir, profesor?

—Ya veremos —le contestó.

El griterío seguía aumentando, imponiéndose por encima de la voz de la delegada. Una bola de papel cuché golpeó el hombro de Xavier. Los del fondo habían arrancado las hojas de la revista y se estaban abasteciendo de municiones, hileras de proyectiles esféricos a todo color en los que predominaba la tonalidad carne. Desde alguna parte saltó la luz de un flash. Alguien intentaba atrapar en su teléfono la instantánea del impacto.

—Por favor, silencio. No te oigo bien —le dijo a la chica—. Levántate.

Mientras la joven comenzaba a hablar, Xavier fue desenvolviendo la última pelota que le había golpeado en la cara. Extendió el papel sobre la mesa, lo alisó y se encontró con dos llamativas motos de competición ocupando toda la página. No era posible. No entendía cómo había ocurrido. Habría podido jurar que había visto con claridad las fotografías de una revista de desnudos, y no una de aquellas publicaciones de motor. A cualquiera que le hubiera preguntado en ese momento le habría asegurado que aquella imagen acababa de transformarse ante sus propios ojos, allí mismo. Notó el sudor acumulándose en su nuca, apelmazándole el pelo.

—Nos tiene que prometer que volverá en cuanto pueda —oyó rogar a la delegada.

Él levantó la vista.

—Os he dicho que ya veremos, eeeh...

—Es que ahora un sustituto sería una putada.

—Tranquilízate... Eeeh... No recuerdo tu nombre.

—Ya estamos acostumbrados a su forma de explicar.

—¡No recuerdo tu nombre! —repitió él.

Algunos estudiantes se rieron. Aquellas palabras habían sonado más alto de lo normal, desentonadas, y la última sílaba se había roto en un quiebro agudo. Algo del todo ridículo. En circunstancias normales, aquello habría sido motivo de muchas más burlas, una situación que celebrar y recordar durante mucho tiempo. Pero no era un día que se prestara a demasiada broma y no hubo más que unas cuantas risas nerviosas. La chica había quedado muda y de nuevo el silencio volvió a apoderarse de la clase.

—¿No te das cuenta? ¡No recuerdo tu nombre! —continuó él—. Ni siquiera puedo recordar tu nombre. Y se me vienen a la cabeza un montón de nombres de personas que nunca he conocido. Que nunca han formado parte de mi vida. ¿Y tú quieres que vuelva pronto? Pero ¿es que no te das cuenta de lo que ocurre?

La delegada de curso permanecía junto a su pupitre. La expresión de su cara había cambiado por completo y sus ojos temblaban.

—No te das cuenta de nada. ¡No veis una mierda!

La chica del asiento posterior al de la delegada se levantó, haciendo mucho ruido al empujar la mesa y la silla al mismo tiempo. Agarró a su compañera por los hombros y la acompañó fuera de aula. Todo eso llevó sólo unos segundos.

Xavier siguió allí de pie, sobre la tarima del profesor, mirando en dirección a los alumnos. Tenía pequeños y redondos espumarajos de saliva en las comisuras de la boca, las pupilas febriles y el gesto desencajado por la impotencia. El objetivo de un aparato de teléfono lo estaba apuntando y grababa toda la escena. No importaba. Todo aquello daba igual. En ese momento se encontraba infinitamente lejos de sí mismo. Sobrevolando por encima de su cuerpo y de sus circunstancias como si todo aquello le estuviera ocurriendo a otro. A otro que no era él, a un cuerpo ajeno, a un organismo vivo y extraño que no tenía nada que ver consigo mismo. Hay lugares de los que nadie puede rescatarnos. Lugares en los que, si se acaba fondeando, lo más sensato es reconocer cuanto antes que se está perdido. Del todo perdido.

Ninguno de los alumnos dijo nada ni se movió de su sitio hasta que no aparecieron otros dos profesores y lo sacaron de allí.

4

—Llevamos esperándote más de veinte minutos —le dijo el productor.

—Lo sé —contestó él.

—Es en directo. ¿Sabes lo que significa en directo?

—Guardo un remoto recuerdo. Casi lo había olvidado.

—¿Y me puedes explicar qué habría ocurrido si te hubieras retrasado diez minutos más?

—Por cómo lo dices, supongo que el fin del mundo. ¿Por qué te preocupas tanto? Soy yo quien rinde cuentas a los de arriba. La que rodaría sería mi cabeza.

—Seguro. Sólo la tuya. —El productor ejecutivo hizo el gesto de ponerse los cascos que llevaba alrededor del cuello, aunque no estaban conectados a ninguna parte, y le dio la espalda.

La ayudante de producción se le acercó por detrás, le colocó una botella de agua en la mano y le anunció que el invitado ya estaba sentado en el estudio.

—¿Esperándome a mí? Qué maravilla. Me siento una estrella.

El productor se volvió de nuevo hacia él.

—¿No pensarás salir con esa chaqueta, verdad, André?

—¿Qué le pasa a mi chaqueta?

—Pues que parece que te has sonado con ella. Mira —dijo, y mostró una bola de papel en su mano—. Este kleenex está menos arrugado. ¿Has estado de juerga toda la noche y no te ha dado tiempo de volver a casa?

—No ha sido de juerga precisamente. Y sí he vuelto a casa, quería ducharme y desayunar, joder. Pero debo de haber perdido la llave. No he podido entrar.

—Cualquiera diría que llevas meses sin poder entrar.

André ignoró el último comentario del productor. Se limitó a quitarse la chaqueta de pana, con la mirada fija en el suelo y farfullando alguna cosa. Antes de que se diera cuenta, tenía de nuevo detrás a la ayudante de producción sosteniendo en el aire una chaqueta azul marino.

—¿Cómo te llamas? —le preguntó él, mucho más concentrado en la forma en que ella intentaba estirarse la minifalda que en la respuesta.

En el plató, en efecto, los focos estaban encendidos y los operadores de cámara y el resto del equipo se giraron para mirarlo cuando apareció por uno de los pasillos. Un panel de cristal los separaba del plató contiguo, donde estaban terminando de detallar la actualidad para dar paso inmediato a su sección. Antes también presentaba él mismo las noticias, hasta que se acabó cansando de aquello y fichó a un antiguo compañero de facultad para que se hiciera cargo de parte de sus funciones. Lo cierto era que tampoco le gustó nunca demasiado el formato del director de informativos que es al mismo tiempo el presentador. Pero todavía era más cierto que en los últimos diez años la trayectoria profesional de André Bodoc no había hecho sino abismarse en el vacío, siguiendo la pauta de una serie de decisiones autodestructivas que parecían estar planificadas. Del todo distinto era el caso del actual presentador, Eduardo Campra, que si había accedido a ser contratado por una cadena regional fue sólo por una cuestión de amistad. André lo saludó moviendo el botellín de agua sobre su cabeza, mientras avanzaba hacia su plató. Incluso ahora, cuando su viejo amigo parecía mirar directamente a los ojos de la audiencia, podía sentir que lo estaba observando con su visión periférica, pendiente, como todos aquella mañana, de su retraso. Atravesó la zona de las cámaras, pasó por encima del cableado y estrechó la mano del invitado que estaba sentado en uno de los dos sillones. Apenas habían podido intercambiar unas palabras cuando un técnico de sonido lo agarró por la cintura, tratando de colocarle la petaca del micrófono, y la realizadora le apuntaba en el oído que faltaban treinta segundos para empezar. Se sentó en el sillón. Veinte segundos. Desde su asiento, junto con las indicaciones de la realizadora, también pudo oír perfectamente al productor ejecutivo comentando que tenía un aspecto horrible y que no se había pasado por maquillaje porque no le había salido de las narices.

La emisión dio comienzo, los dos hombres volvieron a saludarse con estudiada cortesía y en aquel momento ninguno de los allí presentes habría podido imaginar que lo que había costado tanto esfuerzo de organización, y acababa de arrancar en un ambiente profesional y distendido, iba a sufrir un giro tan drástico e iba a terminar como en muy poco tiempo lo haría.

Esa misma mañana, cuando el invitado llegó a la redacción de informativos lo habían recibido entre aplausos. Hacía tan sólo unos días que había tomado posesión del cargo de presidente de la principal organización mundial de ayuda humanitaria, no mucho después de que Amnistía Internacional le hubiera concedido un premio de excelencia por su labor más reciente. Sin duda, era el hombre del momento, y aquella era la primera entrevista que concedía desde su nombramiento. Conseguirla les había costado semanas de trabajo, habían tenido que hacer innumerables llamadas al patronato y al comité de dirección de la fundación, habían tenido que gestionar traslados y alojamientos, habían tenido que negociar los tiempos en una apretada agenda para poder adelantarse a la competencia, y, con todo, el éxito sólo había sido posible gracias a los muchos contactos que el director de informativos todavía conservaba de sus años en la primera línea nacional. Nadie en el programa ni en la cadena habría apostado por aquella entrevista ni habría movido un dedo para cerrarla, si no fuese por la fama que tenía André Bodoc de lograr lo imposible. Y sin embargo, en esos momentos el entrevistador parecía cualquier cosa menos interesado en su entrevistado. En el lado derecho del plató, el invitado vestía un impecable traje oscuro y lucía una sonrisa radiante. En cambio, en el flanco contrario, André se había dejado caer en el sillón con aspecto desaliñado, la melena cana aplastada contra el cráneo y una sombra de turbación en el semblante, y se estaba limitando a leer una por una las preguntas que aparecían en el teleprompter.

De esa suerte habían ido hablando de cooperación para el desarrollo, de comercio justo y de movilización social durante toda la primera parte de la entrevista. Sin mostrar todavía apenas un mayor interés, mirando absorto la corbata del hombre, André le preguntó si de verdad hoy era posible dar una solución definitiva al hambre en el mundo.

—Por supuesto que sí. Es sólo una cuestión de voluntad política. —El entrevistado pareció crecerse aún más en el asiento—. Cada día mueren cien mil personas a causa del hambre en nuestro planeta. Cada siete segundos muere un niño menor de diez años. Y nosotros estamos dejando que ese niño muera.

La cámara asignada al invitado se desplazó unos metros para conseguir un primer plano frontal. André buscó al operador de cámara que se ocupaba de sus propios encuadres y le guiñó un ojo; luego bostezó, se abanicó con los folios y buscó con la mirada las piernas de la ayudante de producción.

—La actual agricultura mundial podría alimentar sin problemas a doce mil millones de personas, dos veces la humanidad

—continuaba el hombre del traje—. Así que los niños que están muriendo, y los que van a morir mientras mantenemos esta conversación, son responsabilidad de todos los que no están haciendo nada por impedirlo. Todos tienen las manos manchadas de sangre.

El director de informativos levantó la vista y, ahora sí, miró directamente a los ojos de su interlocutor.

—Se refiere usted a los líderes mundiales que no están tomando las decisiones necesarias para acabar con el problema, ¿verdad? No a los ciudadanos concretos.

A través del microauricular de su oído, André pudo oír que el productor le decía a la realizadora que algo iba mal, que intuía que algo no marchaba bien.

—Lo cierto es que me refiero a nuestros gobernantes, que están secuestrados por las grandes multinacionales y por las políticas neoliberales, y no tienen el mínimo interés en sacar la agricultura de los tratados de libre comercio. Pero también me refiero a todas las personas que nos están viendo y que cuando apaguen el televisor seguirán con sus vidas como si nada. Como si el niño que muere cada pocos segundos no tuviera nada que ver con ellos.

—Sólo quiero asegurarme de que estoy comprendiendo bien lo que está diciendo. Usted les pide a los ciudadanos que actúen, que intervengan para que sus líderes dejen de mirar a otro lado...

En la sala de control estaban cada vez más nerviosos, y nadie allí se molestaba en evitar que él oyera sus comentarios.

—Es aún más sencillo. Actualmente es muy fácil hacer algo gracias a que existen organizaciones como la nuestra. Basta con hacer una sencilla donación para poder limpiar la conciencia y estar ya actuando. No puedo entender que haya personas que hablen de vidas humanas como si hablaran de la caída de la bolsa, de ideologías de izquierdas o derechas, o del tiempo que va a hacer mañana, mientras se dan un banquete con alimentos inalcanzables para la mitad de la población. ¡Estamos hablando de vidas y de sufrimiento reales, por Dios!

André Bodoc se aclaró la garganta. Se incorporó, comprobó algo en sus papeles y los dejó a un lado. Por primera vez desde que comenzaron la entrevista parecía estar verdaderamente despierto.

—Sin embargo, como nuevo presidente de su organización, usted va a cobrar un sueldo anual de seis cifras —dijo—. Para ser exactos, un sueldo que duplica, por ejemplo, el del presidente de este país.

Los operadores de cámara empezaron a cruzar miradas furtivas.

—No veo la relación —respondió el hombre con naturalidad—. Los sueldos de nuestros directivos son equivalentes a los de cualquier profesional cualificado de otro ámbito. Todos los trabajadores expertos tienen derecho a un sueldo digno, acorde a su valía, en ese principio creemos y por él nos regimos.

—¿Cree que usted merece el doble que el dirigente de todo un país? —atajó André.

El invitado no respondió. Hasta ese instante no parecía haber tomado conciencia del calor que desprendían los focos. Se giró para beber un poco de agua, volvió a mirar hacia el entrevistador y sonrió, como si estuviera esperando una auténtica pregunta.

André también arqueó media sonrisa. Bajo sus ojos abultaban unas bolsas de carne oscura.

—En realidad —continuó él—, hasta donde he podido investigar, usted es además consejero de otras dos grandes empresas, relacionadas con energías renovables. Sólo por su asesoramiento en cada una de ellas cobra un sueldo similar al que mencionaba. Lo que hace un total de ingresos seis veces superior a los del presidente de un país. Unas dieciocho veces más que el ciudadano medio.

El hombre del traje se removió en el asiento, algo se había tensado en los músculos de expresión de su cara.

Unos metros más allá, el productor ejecutivo había salido de la sala de control y se había colocado detrás del entrevistado, haciendo grandes aspavientos con los brazos en dirección a Bodoc, como si estableciera señales con el tráfico aéreo. Los operadores de cámara lo miraban esperando alguna indicación, pero no dio la orden de dejar de grabar.

—No sabía que fuésemos a hablar de mis asuntos personales —dijo al fin el hombre. Sus palabras comenzaban a reprimir cierta ira, aunque todavía lo dominaba la sensación de desconcierto—. Ni veo qué relación guarda todo esto con el tema que nos ocupa.

Al otro lado del panel de cristal, en el plató contiguo se iban agolpando los curiosos.

—¿No la ve? Yo en cambio creo que es relevante cuestionar si es ético que los responsables de una organización para combatir el hambre vivan con tanto lujo. Y desde luego me parece fundamental que los donantes sepan dónde va a parar su dinero.

—Nuestra gestión de fondos es completamente transpa... ¿Se hace usted una idea, señor Bodoc, del daño que usted está haciendo en este momento? ¿Sabe las miles de vidas que está poniendo en peligro? ¿El esfuerzo y la dedicación que está tirando por tierra? ¡Usted es un irresponsable!

El entrevistado comenzó a mirar a uno y otro lado del plató, buscando alguien que lo sacara de allí. Tenía las manos rígidas sobre los reposabrazos, como si estuviera luchando por no aflojarse el nudo de la corbata o por no frotarse la cara.

—Si el espectador fuese corto de luces y no hubiera comprendido nada, entonces soy un irresponsable. Pero no se preocupe, yo no hago televisión para imbéciles. —André dejó de hablar y se llevó el dedo índice al oído. El productor le daba instrucciones para que se despidiera, dejarían de emitir en menos de un minuto.

Entonces, el director de informativos se reclinó hacia atrás, extendió los brazos sobre el respaldo y cruzó las piernas.

—Permítame una última pregunta —dijo—. ¿No es cierto que el dinero que no llegan a emplear cada año en proyectos lo invierten en acciones del mercado bursátil?

—¿Y cuál es el problema? Dígame. Las organizaciones tan grandes como la nuestra tienen que funcionar como las multinacionales. El dinero que no se destina a los programas sociales no puede dejarse inactivo. Sólo tratamos de rentabilizarlo.

—Y eso es estupendo. Pero ¿cómo explica usted que una de las empresas de la que su organización posee miles de acciones sea la principal fabricante de bombas de racimo de este continente? Unas bombas prohibidas por el tratado de Oslo que causan más bajas civiles y mutilaciones que cualquier otra arma, especialmente entre los niños.

Mientras André intentaba completar su frase, el invitado se había levantado y se estaba quitando el micrófono del cuello de la camisa.

—¿No va a contestarme?

Las cámaras se habían apagado. Al fondo del plató podía verse al productor, derrumbado sobre una silla plegable, con la cabeza hundida entre los hombros. El equipo técnico empezó a desconectar los focos y a recoger sus cosas. Nadie se acercó a André Bodoc. La gente se marchaba sin hablar entre ellos, como si buscara algo que hubiese perdido entre los cables del suelo.

El director de informativos se levantó con un impulso, se quitó la chaqueta azul marino y se secó la frente con un pañuelo. Luego dijo:

—Ya está. Otra entrevista lista. Ya las dejo bordadas, ¿eh? ¿Es que nadie va a traerme mi chaqueta?

Abandonó el plató tarareando la sintonía de la cabecera del programa, sin ni siquiera dirigirse al productor ejecutivo, que seguía sentado en la silla plegable y que ahora sostenía una mirada desconsolada a la realizadora de los informativos. Tampoco se acercó a Eduardo Campra, a pesar de que llevaba rato de pie en una esquina del estudio, con las cejas levantadas y un portafolios colgándole de la mano, siguiéndolo con los ojos sin acabar de reaccionar.

Unos minutos más tarde André Bodoc estaba por fin en la calle, a los pies del edificio. Se subió a su BMW color gris granito aparcada sobre la acera y salió de la sede de los estudios de la cadena. Condujo la moto por la autopista hasta llegar al centro de la ciudad, sin superar la velocidad permitida ni cometer ninguna de las imprudencias de la noche anterior, y al doblar la esquina en la intersección de la Diagonal con la avenida Duque de Arana, tratando de esquivar otro vehículo, se estrelló contra la parte baja de un camión cisterna, quedó encajado debajo del bastidor, cerca del eje delantero, y fue arrastrado a lo largo de quince metros.

El papel utilizado para la impresión de este libro
ha sido fabricado a partir de madera
procedente de bosques y plantaciones
gestionados con los más altos estándares ambientales,
garantizando una explotación de los recursos
sostenible con el medio ambiente
y beneficiosa para las personas.
Por este motivo, Greenpeace acredita que
este libro cumple los requisitos ambientales y sociales
necesarios para ser considerado
un libro «amigo de los bosques».
El proyecto «Libros amigos de los bosques» promueve
la conservación y el uso sostenible de los bosques,
en especial de los Bosques Primarios,
los últimos bosques vírgenes del planeta.

Papel certificado por el Forest Stewardship Council®

FSC www.fsc.org
MIXTO
Papel procedente de fuentes responsables
FSC® C107846